当代寓言名家新作

Dangdai Yuyan Mingjia Xinzuo

伯乐和千里马

杨啸◎著

读寓言·学知识·明事理·提素质

品读寓言故事　领悟人生哲理
经典寓言大世界　人生智慧大宝库

天津出版传媒集团
天津人民出版社

图书在版编目（CIP）数据

伯乐和千里马 / 杨啸著 . –– 天津 : 天津人民出版
社 , 2018.9
（当代寓言名家新作）
ISBN 978-7-201-13721-6

Ⅰ . ①伯… Ⅱ . ①杨… Ⅲ . ①寓言—作品集—中国—
当代 Ⅳ . ① I277.4

中国版本图书馆 CIP 数据核字（2018）第 199578 号

伯乐和千里马
BOLE HE QIANLIMA

出　　版　天津人民出版社
出 版 人　黄　沛
地　　址　天津市和平区西康路 35 号康岳大厦
邮政编码　300051
邮购电话　（022）23332469
网　　址　http://www.tjrmcbs.com
电子信箱　tjrmcbs@126.com

责任编辑　李　荣
装帧设计　映象视觉

制版印刷　永清县晔盛亚胶印有限公司
经　　销　新华书店
开　　本　640×920 毫米　1/16
印　　张　12
字　　数　200 千字
版次印次　2018 年 9 月第 1 版　2018 年 9 月第 1 次印刷
定　　价　29.80 元

总序：为有源头活水来

——《中国当代寓言名家新作》丛书总序

顾建华

中国当代寓言，正在用浓墨重彩书写着中外寓言史上令人瞩目的新篇章。

进入改革开放的新时期后，在我国文坛上，寓言空前活跃起来，涌现出数百名痴心于寓言创作的作者和难以计数的寓言佳作。

本丛书的八位作者堪称中国当代寓言名家。他们大多数是从20世纪70年代末80年代初开始写作寓言，已经有了三四十年的创作经历。有的作者虽然以前主要从事其他文体的写作，但后来专注于寓言创作的时间也有一二十年了。他们的寓言作品量多质高，一向受到读者的欢迎和好评，不少名篇被各种报刊选用，收入各种集子，有的还被选作教材广泛流传。

这些作者以往都早已有各自的多种寓言集问世，在寓言界有一定的影响。本丛书收入的作品，则是他们近年所写，首次结集。可以说是作者们用积淀了一生的智慧和才华，观察当今社会、解剖各种人生的结晶；也是作者们力求寓言创新的又一新成果，无

论在思想境界上还是艺术境界上都给人很多启迪。

这十部寓言集和我们常见的平庸的寓言作品不同，不是用些老套的看了开头就知道结尾的动物故事，演绎一些连小朋友们都已厌烦了的道德说教，或者一些肤浅的事理、教训。它们的题材非常广博，有的影射国际时事，有的讽喻世态人情，有的抨击贪官污吏，有的呼吁保护生态……很多作品笔锋犀利、情感炽烈，既有冷嘲热讽，也有热情歌颂；而思想之深邃，非历经世事者所难以达到。它们娓娓道来的或者荒诞离奇，或者滑稽可笑的故事，却是当今现实世界曲折而又真实、深刻的反映。这样的寓言作品并不是供人饭后消遣的，而是开阔人们的胸襟、心智、眼界，让人们在兴趣盎然地读了之后禁不住要掩卷深思，深思社会、深思人生。

这十部寓言集显现了作者们高超的艺术功底，在艺术表现上多有新的突破和尝试。

杨啸是我国屈指可数的享有很高声誉的寓言诗人。从他的两部新作《狐狸当首相》和《伯乐和千里马》可以看出，他的寓言诗艺术已经炉火纯青，并且还在不断求新，样式、手法多种多样。如作品中除了运用娴熟的单篇寓言诗外，还有不少系列寓言诗、微型寓言诗等等，给人以新意。他过去的很多寓言诗是写给成人的，更是写给孩子们的，特别善于用富有童趣的幽默故事、朗朗上口的动听诗韵，让读者（尤其是儿童读者）得到教益。这两部寓言诗依然既是写给孩子们的，更是写给成人的，在内容和写法上都有很多变化。

张鹤鸣、洪善新伉俪在寓言剧的创作上，在我国原本就无人可与之比肩，近几年又进一步冲破旧模式的藩篱，另辟蹊径地创造了"代言体"寓言短剧的新形式，使寓言能够更好地融入少年儿童的生活和心灵，发挥寓言的道德教育、知识教育、审美教育的作用。《燕南飞》中的一些作品已经成为初学者学写寓言剧的样板，《海神雕像》则显示了作者多方面的才能。他们原先擅长创作带有戏剧性的篇幅较长的寓言故事，现在生活节奏加快，为了满足读者需要，这次也写起了寥寥数言的微寓言，且颇有古代笔记小说的韵味，别具一格。

《蓝色马蹄莲》是作者吴广孝旅居美国时的所见所闻所思所念，散发着我国其他寓言作品中罕见的异域风情。它也不同于其他寓言作品用编织出人意料的情节来揭示作者想说明的哲理，而是像一则则旅游随笔，以优美而简约的散文笔法展示作者所经历、所体验的人、事、物，然后出其不意地迸发出作者由此而来的瑰丽奇妙的思想火花，使随笔变成了寓言。《伊索传奇》以虚构的伊索的生活为线索，在光怪陆离的时空转换中，穿插着对《伊索寓言》的全新的阐释，借题发挥，抒发的却是当代中国人的情感。

罗丹所写的《苏格拉底的传说》同样是以古希腊的智者为寓言的主角。过去也有人这样写过，但罗丹笔下的苏格拉底与他人不同，有着作者本人的印记。苏格拉底对古往今来的各色人等、鸟兽虫鱼发表的言论，都是作者数十年从生活中获得的人生感悟，是对晚辈的谆谆教诲，很值得细细体味。

《白天鹅和黑天鹅》秉承了作者林植峰自 1956 年上大学时发表寓言（距今已有一个甲子）以来，一以贯之的"颂扬真善美、鞭挞假恶丑"的宗旨。他的这部新作就像他自己所说的那样，是"文

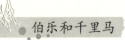

字的漫画"，作品中用嬉笑怒骂的文字构成的各种虚幻世界，表达了作者对当前社会现实问题的严肃思考，应该引起世人的警觉。

《龙舟鼓手》，让我们看到作者凡夫严谨的写作态度以及寓言的多种多样的艺术表现手法。其中的作品都是有感而发，篇篇经过精心打磨，在写法上不拘泥于某种套路，微型小说、笑话童话、民间故事、小品杂文等都能运用自如地嫁接到寓言中来。他还特别重视把寓意水乳交融般地渗透到故事中去，他的寓言没有外加的生硬的说教，却十分耐人寻味，让读者自己从故事中去领略、生发更多的意义。

桂剑雄写的《西郭先生与狼》，无论上半部分的动物寓言还是下半部分的人物寓言，都继承和发扬了明清笑话寓言的特色，十分诙谐有趣。很多作品不是以智者为主角，而是以愚者为主角。作者夸张地描写愚者愚拙蠢笨的荒唐言行，讽刺意味浓郁，既引人发笑，更发人深思。如今，寓言中刻画成功的愚者形象并不多见，因此这些作品尤显可贵。

本丛书的作者大都年事已高，却依然充满旺盛的文学创造力，继续为寓言创新铺路开道。他们以自己的创作实践印证了习近平总书记在文艺工作座谈会上的讲话中所说的："人民是文艺创作的源头活水"，"文艺的一切创新，归根到底都直接或间接来源于人民"。

笔者和丛书作者相识、相知数十年。从交往中我深深感受到：他们心底坦荡，为人正直，急公好义，乐于助人，不畏权势，嫉恶如仇；他们一直生活在人民之中，热爱人民，心系人民，对人民的深厚感情促使他们不断地要用被称为"真理的剑""哲理的诗"

的寓言来为人民发声，表达人民的爱憎和愿望！据我所知，本丛书中的不少作品，就是直接来自于作者的亲身经历，是作者在为大众的事业、大众的利益仗义执言。作者们为寓言创新所做的努力，也都是为了使自己的作品更加得到人民的喜欢，满足人民的需要。

南宋朱熹的《观书有感》诗云："半亩方塘一鉴开，天光云影共徘徊。问渠那得清如许？为有源头活水来。"池塘之所以能够如镜子一般透彻地映照天光云影，是因为它有源头活水。当代寓言名家新作之所以能够拒绝平庸，不断创新，真实地、本质地反映现实生活，就因为作者们紧紧地依赖于汩汩涌流、取之不尽、用之不竭的源头活水——百姓生活。脱离了百姓，脱离了生活，寓言就会成为"无根的浮萍、无病的呻吟、无魂的躯壳"，失去与时俱进的活力，失去存在的价值。

作者诸兄嘱我为这套丛书说几句话，就写下了以上一些读后心得，权作序言。

2016 年元旦于金陵紫金山下柳苑宽斋

目 录

第一辑

伯乐和千里马

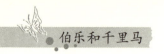

伯乐和千里马

马妈妈生了一匹红色的小马，
就给孩子起了个名儿叫小红。
妈妈对自己的孩子疼爱有加，
请来伯乐，预测一番孩子的前程。

伯乐把小红马看了又看，然后说：
"恭喜你！这孩子的前途无限光明！
这孩子的长相是一匹千里马坯子，
只要坚持苦练，将来就一定会成功！"

马妈妈和小红马都坚信伯乐的话，
并且把伯乐的话牢牢地记在心中。
小红马刚刚满月就开始苦练长跑，
每天从清晨一直练到满天繁星……

一来是小红马有着坚强的意志，
它决心不能让伯乐对它的期望落空；
二来又有妈妈不停地对它鼓励叮咛，

再苦再累它也能咬牙坚持，苦练不停……

小红马一天比一天跑得快，
扬鬃奋蹄，跑起来就像是一阵疾风！
一年后它参加了旗里的那达慕赛马，
它一马当先就夺得了赛马的第一名！

于是人们给它唱颂歌、戴红花，
这使它成为千里马的信心更加坚定。
冠军的荣誉并没有使它骄傲自满，
它仍是整天从早到晚苦练不停……

三年后，它终于成了一匹真正的千里马，
全自治区、全中国都传遍了它的美名！
这时候，伯乐又来到它和它妈妈身边，
说出的一番话使它们又意外又是吃惊：

"当时我看你只不过是一匹普通的小马，
我那样说，是为了使你们母子增加信心！
其实，所有的千里马都不是天生注定，
没有苦练，再好的先天条件也等于零……"

燕子和春天

燕子很是洋洋得意：
"是我带来春的景致！
只要我一从南方飞来，
这里就变得花红柳绿！"

家雀听了很不服气：
"贪天之功岂有此理！
冬天去了春天会来，
这是大自然铁的规律！

"即使你们燕子不来，
只要到了阳春节气：
这里照样百花盛开，
这里照样野草泛绿……"

报春讯的燕子

南方刚刚柳暗花明，
北方还在消雪融冰。
燕子急忙从南方启程，
到北方向人们报告春讯。

途中遇到一只柳莺，
邀它共享南方的美丽春景……
燕子说："不行，不行！
我要赶紧到北方报告春讯……"

柳莺说："你这完全是白费力气，
自讨苦吃，没有任何实际作用！
你燕子去不去那里报告春讯，
春天一到，那里照样会柳绿花红！"

燕子说："这道理其实我也懂，
然而这却是我的使命！
到这季节，如果我不在那里出现，

便是我玩忽职守，不守信用！

"不论是人，还是鸟儿，
'信用'两字，都十分神圣！
如果失去了'信用'两字，
那就难以得到别人的信任和尊敬……"

燕子说罢告别了柳莺，
继续奋力向北方飞行。
尽管越往北飞天气越冷，
它却心情愉快，感到暖意融融……

盛夏的荷花

盛夏，蓝天上艳阳高照，
湖中的荷花开得正娇！
火红的花朵，粉红的花苞，
游人称赞："荷花真是美丽妖娆！"

荷花听了游人的赞颂，
忍不住感到得意骄傲：

"是啊！看这满园的花儿，
有哪个能比得上我艳丽俊俏？"

落在荷花上的蜻蜓，
语重心长地对它说道：
"荷花！你很漂亮确实不假，
可是，有个道理你要知道：

"每个不同的季节，
会有不同的花儿引领风骚：
秋天，有傲霜的菊花盛开，
寒冬，有雪中的梅花争俏……

"那时候，你却早已花谢叶枯，
变得一片零落，一片萧条！"
荷花听罢蜻蜓的一席话，
惭愧地低下头认真思考——

是啊！背运时不要失落气馁，
好运时也不要得意骄傲；
有了这样一颗不骄不馁的平常心，
日子才会过得恬淡宁静、自在逍遥……

荷花与莲藕

荷花在湖面上开得茂盛，
莲藕在水底埋在污泥之中。
荷花整天受到人们的赞颂，
莲藕却埋在泥中默默无名。

荷花在荷叶上写出一份声明，
声明的标题是：《以正视听》：
"荷花之所以开得艳丽，
全凭的是水下莲藕——无名英雄！

"若不是莲藕给荷花把养料输送，
荷花便会断了营养枯萎凋零；
我若是不把这道理公开说明，
那我便是自私的贪天之功……"

随后莲藕也发表一份声明，
题目是：《对荷花声明的更正》：
"其实这功劳不能全归莲藕，

荷花、荷叶全都有不可埋没之功！

"艳丽的荷花给世间增添美丽，
制造养料全靠荷叶的光合作用；
荷花把功劳全都归功于莲藕，
莲藕可是受之有愧不敢贪功……"

常听说是这也争功，那也争功，
还很少见这样把荣誉相互推送；
世间万物要全都有这种精神，
那世界该会变得多么美好，多么光明！

荷塘月色

美丽的圆月挂在天上，
银色的月光洒满荷塘。
荷塘中荷花正在怒放，
片片荷叶也闪耀光芒。

朦胧迷离，美景别致，
如梦如幻，诗意荡漾。

鱼儿醉了，花儿醉了，
青蛙们为之欢乐歌唱。

一只青蛙突然提出一个问题：
"这美景的主角是月亮还是荷塘？"
另一只青蛙瞥它一眼：
"你这个问题提得荒唐！

"根本没有什么主角、配角之分！
造就这景致的，既是月亮，也是荷塘！
正是由于它们的完美合作，
才有了这如诗如画的美妙景象！"

残荷、鱼儿和青蛙

秋天，荷花已谢，荷叶已残，
萎黄枯朽的荷叶匍匐在湖面。
水中游动的鱼儿，不屑地向荷叶瞥了一眼：
"哼！这破败丑陋的荷叶，真是令人讨厌！"

旁边的青蛙，气愤地仗义执言：

"蠢鱼儿！你这话实在是无知之谈！
你该记得，它曾用翠绿的叶，鲜红的花，
为美丽的夏天增色添艳！

"要知道，谁都会有老了的时候，
老了，自然再没有年轻时的光鲜；
可是，对老者应该尊重，不要忘了，
它年轻时曾经做过的贡献！"

波斯猫和狮子狗

一只白色波斯猫，
一只黑色狮子狗，
是同一位主人的宠物，
它俩却时常闹别扭。

狮子狗说波斯猫：
"你踩了我的脚！"
波斯猫说狮子狗：
"你碰了我的头！"

波斯猫又说狮子狗：

"你偷了我的鱼！"

狮子狗又说波斯猫：

"你偷了我的肉！"

就这样，它俩总是吵闹不休，

吵厉害了就互相动手：

猫抓破了狗的脸，

狗咬破了猫的头……

它俩这样经常吵闹不休，

使它们的主人心情烦透！

常常把它们责骂、训斥，

可它们总还是争吵依旧……

邻居的黄狗大叔把它们解劝：

"你们这争吵何时罢休？

你们既是生活在同一家庭，

就应该像一家人亲情浓厚！

"互敬、互爱、互相帮助，

包容、体谅、理解、迁就……

这样整天争吵既让主人心烦，

对你们自己，又何益之有？"

它们听从了黄狗大叔的劝告，
由对头变成了亲密的朋友。
和主人一起生活得和谐愉快，
日子过得幸福安宁快乐悠悠……

白鹅和鹌鹑

大白鹅对灰鹌鹑很是瞧不起，
觉得鹌鹑处处不能和自己相比：
"我的一个鹅蛋能顶鹌鹑七八个蛋，
鹌鹑的灰羽毛又怎比我的漂亮白衣……"

鹌鹑听了白鹅的话，很不服气：
"你大白鹅又有什么了不起！
我的蛋虽然不如你的蛋大，
可你吃一天的饭就够我吃一个星期。

"我的蛋虽然小，可是我下得勤，
你的蛋虽然大，可是你下得稀；
我的蛋营养丰富，味道鲜美，

你的蛋口感不佳，营养也不济。

"你的羽毛虽然比我的羽毛漂亮，
可又怎能和美丽的孔雀羽毛相比……
要知道，谁也有所长，谁也有所短，
专用自己之长比别人之短岂有此理！"

白鹅听了鹌鹑的话，无言答对，
伸了伸脖子尴尬地转身离去。
从此后见到鹌鹑再不那么趾高气扬，
也许是有了自知之明，懂得了谦虚……

白兔黑兔是邻居

黑兔和白兔，
住的门挨门。
低头不见抬头见，
亲密得就像一家人。

忽然有一天，
两家闹纠纷。

起因很小很小，
只因为洗衣水一盆。

黑兔洗完衣服，
倒洗衣水溅湿了白兔家门。
白兔看了很是生气，
恶言恶语出口伤人：

"难道你就没有长眼，
洗衣脏水到处乱溅！
干了这样的缺德事，
还不知道道歉？"

黑兔一听也上了火：
"开口骂人你才缺德！
这么点事算个啥？
又没把你的门砸破……"

"你敢砸破我的门，
我去挖了你祖坟！"
"你家祖坟没风水，
才出了你这缺德鬼……"

你一句来它一句，

越骂心里越来气!
扑上前去动了手,
抓破了脸打肿了鼻……

于是两家结了仇,
见了面各自扭过头;
并且狠狠地啐一口:
"鬼模鬼样不知羞!"

灰兔前来把它们劝,
话儿语重又心长:
"常说'远亲不如近邻',
你们何必闹成这样?

"如果各自让一点,
自是地广又天宽!
凡事应该多包容,
邻居和睦万事安……"

听了灰兔劝解的话,
黑兔白兔把头点。
互相争着来道歉,
说是自己有缺点……

从此两家又和好，
见面微笑把头点。
有事互相来帮助，
友好和睦像从前……

无名艺术家

精美的剪纸巧夺天工，
却不知剪纸者的姓名；
世上许多美的创造者，
多是这样的无名英雄。

世界上美的艺术品很多，
留下作者姓名的却很少；
他们的心血都用在对美的创造，
对于留不留下姓名却并不计较。

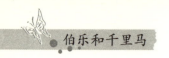

猫鼠对话

老鼠在洞里，
黑猫在洞外。
猫说："我来和你交朋友，
请你快快从洞里出来！"

老鼠在洞里对猫说：
"你这样的朋友我不敢交！
交了你这样的朋友，
我的性命就要丢掉！"

猫说："我已经皈依佛祖，
由吃腥改为吃素；
从此再不杀生害命，
要做个虔诚的佛教徒！"

老鼠说"你的话说得好听，
可是我绝不会相信！
这是因为我对你最了解，
有着以前无数血的教训！"

和尚和规矩

一个和尚挑水吃，
两个和尚抬水吃，
三个和尚没水吃——
这话似乎已成为规律。

之所以出现这样的现象，
是因为人多了就会互相推诿；
其实这规律并非不可打破，
关键是有没有打破这规律的高招。

有一天庙里来了第四个和尚，
这和尚成为了寺庙的住持。
三个和尚全都归他领导，
他为和尚们定下严格的规矩。

他给每个和尚做了仔细分工：
一个和尚专门负责挑水砍柴，
一个和尚专门负责烧火做饭，

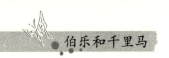

一个和尚专门负责清扫寺院……

工作做得好的给予奖励，
工作做得差的受到严惩。
从此和尚们都变得勤勤恳恳，
没有哪个敢于丝毫消极怠工。

缸里的水总是满满荡荡，
院里的柴总堆得像小山，
寺院里到处都扫得干干净净，
每餐的饭菜都做得色美味香……

这样的规矩不但适用于和尚，
同时也适用于每个地方。
常言说：没有规矩不成方圆，
只有规矩才能使一切变得秩序井然。

蛟龙号探深海

蛟龙号沉下深深的海底，
要揭开海底隐藏的秘密。

海底世界景色五彩缤纷，
各种海底生物形态各异……

红色珊瑚树就像燃烧的火焰，
海石花如同是洁白的宝玉；
小丑鱼浑身布满美丽条纹，
老海龟懒洋洋地闭目休憩……

蛟龙号要探明海底的地形地貌，
要探明海底宝藏分布的区域。
把这一切都弄个一目了然，
为下一步的海底开发做好准备。

众水族发现了蛟龙号的到来，
既感到惊奇又感到诧异：
千万年来还从来不曾见过，
有什么人来到过这七千米下水域！

众水族向蛟龙号表示欢迎，
向蛟龙号中的潜水员表示敬意：
"你们是从哪里来的神仙，
有本领来到这深深的海底？"

潜水员先向众水族表示问候，

随后才回答他们的问题：
"我们并不是什么神仙，
是我国科学家掌握了尖端科技！

"造出了这能深潜的蛟龙号，
送我们到深海和你们欢聚。
这技术称得上是世界一流，
下一步还会潜向更深的海底！"

众水族和宝藏听了潜水员的话，
禁不住欣喜若狂激动不已：
"这样，我们就有了出头之日，
为人类的建设也来建功尽力！"

蜜蜂和蝴蝶

蝴蝶在花丛中翩翩起舞，
蜜蜂在花朵上采蜜忙不停。
蝴蝶说："蜜蜂，快歇歇吧，
请来和我一起唱歌跳舞！"

蜜蜂说："不行，我正在紧张工作，
不然，我就会完不成既定的任务！"，
蝴蝶说："你整天这样辛辛苦苦，
从早到晚，总是不停地忙忙碌碌！

"你们每年酿造出那么多蜜，
自己吃的只是很小的数目。
大部分都是被别人拿去享受，
到头来岂不是白为别人服务？"

"为别人服务是我们的心愿，
只为自己活着是生命的歧途……"
蝴蝶蜜蜂话不投机各奔东西，
蜜蜂继续采蜜，蝴蝶继续跳舞……

两条梦想化蝶的青虫

两条青色毛虫，
同在一个树丛，
一面啃着树叶，
一面倾吐心声：

"据说那些美丽的花蝴蝶，
都是我们青色毛虫变成。
变成一只最漂亮的花蝴蝶，
这是我美好的梦想和憧憬！"

"是啊，我的梦想和你一样，
也想变成一只蝴蝶飞舞在花丛。
我要浑身长满最美丽的花纹，
让人们尽情地把我夸赞称颂……"

当两条青虫兴奋地说这话时，
正有一只花蝴蝶飞过它们的头顶。
花蝴蝶郑重其事地对它们说道：
"由青虫变花蝶可不是容易的事情：

"首先要经过由虫化蛹的蜕变，
还要经过由蛹化蝶的艰难苦痛……"
花蝴蝶的这些话，说得语重心长，
一条虫认真听了，另一条虫却当作耳旁风……

不久，两条青虫都变成了蛹，
几天后，就开始了由蛹化蝶的过程。
由蛹化蝶真不是一件容易的事，
两条虫在蛹里都经受着难熬的苦痛……

记住了蝴蝶话的那条虫，
忍耐着痛苦在蛹中挣扎不停。
挣扎，挣扎，终于挣破了蛹壳，
变成一只花蝴蝶飞上了天空……

另一条虫却在痛苦面前打了退堂鼓，
停止了挣扎，逐渐僵死在蛹壳中……
僵死的蛹成了一只鸟儿的美食，
它化蝶的梦成了空洞的泡影……

狗和狼

一只狗在山坡遇见一只狼，
狗和狼面对面倾诉衷肠。
狼说："咱们俩本来是同一祖先，
你看咱俩长得是多么相像……"

狗说："咱俩长得相像倒是不假，
从前是同一祖先倒也并非虚妄。
可是，不知是从什么时代，什么年月，
咱们的先辈分道扬镳各选志向……

　　"我们成了人类忠诚的朋友，
　和人类相依为命患难共尝。
　你们却成为人类可恨的仇敌，
　成为人类的祸害，人类的灾殃！

　　"我们认真地为人类看家护院，
　帮人类防盗，帮牧人牧羊；
　你们却偷偷摸摸地加害于人，
　偷吃人家辛辛苦苦饲养的猪羊！

　　"我们从而受到人们的热爱称颂，
　用忠犬、义犬的美名把我们赞扬；
　你们却被人类厌恶憎恨，
　为你们制造了铁夹、猎枪……"

　　狼说："那是因为你们忘了本，
　把祖先的天性丢了个精光！
　猪羊本来就是狼的天然食物，
　吃猪吃羊是为填饱我们的饥肠……

　　"你们却帮助人们断了我们的生路，
　偷也好，盗也罢，是你们逼良为娼！
　你们一点也不为同宗同族着想，
　却一心一意去为人类服务帮忙……"

狗说："人类把我们呵护喂养，
知恩图报，天经地义，理所应当！
这不是什么忘本，而是弃恶从良！
希望你们也改恶从善，易弦更张！

"只有走从善的路，才会有光明前途，
坚持走作恶的路，只会是恶名远扬；
坚持与人类为敌，坚持做害人的勾当，
到头来你们决不会有好的下场……"

狗和狼谈呀谈，终于没有谈拢，
于是狼奔向山林，狗奔向牧场。
当狗刚刚回到牧场的羊群旁边，
啪！猎枪响了，子弹击中狼的胸膛……

微型寓言诗

秋叶和春花

秋叶纷纷飘落，
化做树下沃泥；

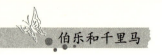

是为了明年春天，
花朵开得艳丽。

太阳和晚霞

夕阳即将落山，
晚霞艳丽火红；
是太阳用它的余辉，
给人间增添美景。

草儿和大地

野火烧不尽，
春风吹又生。
是因为草儿的根深扎大地，
大地母亲给了它不死的生命！

孔雀和母鸡

孔雀会开美丽的屏，
母鸡会生很多的蛋。
各自有各自的长处，
谁也不要把谁小看！

竹的节操

人们之所以尽情地赞颂竹，
是因为它未出土时便有节；
直到它高耸云天终结生命，
它的节始终保持清晰净洁。

金子和黄铜

金子会闪耀金光，
黄铜也会闪耀金光。
闪耀金光的不都是金子，
这道理应记在心上。

柳枝的生命

把柳枝随便插在哪里的泥土，
它都会生根、长叶、成长。
因为它无限热爱生活，
所以它的生命格外顽强。

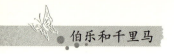

梅花和寒冬

梅花色彩艳丽，

梅花香气扑鼻。

别忘了在漫长的冬天，

梅树冒着严寒把这一切孕育。

沙蒿与沙丘

沙蒿生长在沙丘上，

沙丘十分干旱贫瘠。

生长沙蒿的沙丘就是沙蒿的母亲，

在母亲的怀里虽艰苦也十分惬意。

鸟儿的飞翔

鸟儿能够在天空飞翔，

是因为有坚强的翅膀。

但却不要忘了，还要有，

托举它翅膀的空气的力量。

猫的理论

"不是我故意跟你们作对，
是因为你们的肉最合我的口味！"
这就是猫吃老鼠的理论，
老鼠同意不同意都无所谓。

饵的诱惑

鱼吞钓钩，
是因为禁不住饵的诱惑。
这样的事又岂止是鱼，
就连人，也往往犯这样的过错……

利令智昏

天上不会掉馅饼，
这道理人人都懂。
可是，还常有人忘此道理而上当，
为什么？因为是贪心作怪利令智昏。

骗子与受害者

许人以利的骗子之能够得逞，
往往是因为受害者贪占便宜。
如果所有人皆无贪便宜之心，
这样的骗子便失去了立足之地。

第二辑

龙舟和舵手

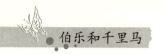

龙舟和舵手

甲乙两条参赛的龙舟，
是历年龙舟赛的老对手。
两条龙舟打造得同样漂亮，
桨手和舵手也同样精神抖擞……

历年的龙舟赛上，
总是甲龙舟拔得头筹。
甲龙舟总是第一个冲过终点，
乙龙舟总是稍稍落后……

今年又要进行龙舟赛，
两条龙舟各自憋足了劲头。
要在这次大赛上再比高低，
看谁争得此次大赛的魁首！

甲龙舟的参赛队员们，
信心满满，似乎冠军已经到手。
当然也不敢丝毫轻敌，

下决心要表现得更加优秀······

比赛开始，龙舟们纷纷力争上游，
桨手们奋力划桨，舵手不断拨正船头；
甲乙两条龙舟肩并肩齐头并进，
龙舟旁水花四溅，岸上观众大喊"加油！"

赛程过半，参赛的龙舟渐渐分出先后，
乙龙舟奇迹般地超过了甲龙舟！
甲龙舟的队员们拼命地奋力追赶，
到最后，还是被乙龙舟把桂冠摘走。

赛后，甲龙舟的队员们总结经验：
仔细地寻找失败的缘由。
找来找去终于把缘由找到了：
原来是乙龙舟换了舵手······

黑熊和老虎

有一片广阔茂密的山林，
山林中有一头黑熊一只老虎。

老虎自诩山林之王，
黑熊自称山林霸主。

黑熊和老虎，
谁对谁也不服。
有一天它俩见了面，
不由分说便动了武！

各自使出浑身解数，
直击对方要害之处！
黑熊凭的是强壮的体力，
老虎靠的是灵巧的战术。

激烈地搏斗了几个回合，
老虎体力不支，眼看要输。
老虎瞅个空子退出战斗，
跑进了茂密的山林深处……

黑熊自以为取得了胜利，
高兴得禁不住手舞足蹈；
虽然它的肚子已经饥饿，
却只顾高兴顾不得把肚子填饱……

其实老虎逃进山林，

心里并不是真的认输；
它是去那里恢复体力，
并且寻找猎物吃饱喝足……

待老虎吃饱喝足恢复体力后，
又回来接着和黑熊战斗。
激烈地战斗了几个回合，
老虎又抽空儿转身逃走……

黑熊再次觉得取得了胜利，
又禁不住手舞足蹈洋洋得意！
它仍然不吃不喝只顾欢喜，
老虎却又是去找吃喝恢复体力……

恢复了体力的老虎又来和黑熊战斗，
体力不支了，便又抽空儿逃走。
如此地三番五次和黑熊周旋，
把黑熊弄得劳累饥饿疲惫不堪……

黑熊终于露出了破绽，
被老虎一口咬住了喉管！
黑熊再也无力招架，
最后被老虎送上了西天……

要论真正的实力，
老虎敌不过黑熊。
但黑熊却被老虎送命，
为什么？这道理你想一想就会懂……

雨 天

老山羊出门走亲戚，
回家的路上遇上雨。
浑身的衣服都湿透，
山路泥泞又崎岖。

老山羊一步步向前走，
生怕掉下山沟里。
雨中冷风飕飕吹，
瑟瑟发抖喘吁吁。

老山羊正在往前走，
忽听身后喊声急：
"老爷爷您慢点走，
等我前去搀扶您……"

老山羊转身回头看，
好容易才看清晰：
原来是只小山羊，
身披一件花雨衣……

小山羊很快来到它跟前，
脱下身上花雨衣：
伸手就往它身上披，
老山羊感到很惊异：

"孩子你这是做什么？
这……这……使不得……"
"这样做是应该的，
老爷爷您别客气。

"妈妈经常对我讲，
尊老敬老要牢记！
我年纪轻轻身体好，
淋点冷雨没关系……"

小山羊一边说着话，
边给老山羊披好了雨衣；
然后又细心地扶着他，
和它一同向前走去。

小山羊接着说：

"我是到姑姑家走亲戚，

临出门看到天要下雨，

姑姑给了我这件花雨衣……"

老山羊心里暖烘烘，

深深地感慨又感动：

"啊，下一代要都像这孩子，

这世界会充满希望和光明……"

老猫的感叹

老猫上了年纪，

回忆自己的一生，

不由发出感叹，

讲给年轻的一代猫儿听：

"我这一辈子过得幸福轻松，

从小儿就受到主人的娇宠。

饿了主人给我吃特制的猫食，

渴了让我喝鲜奶，吃冰淇淋……

"冬天，怕我受寒挨冻，
给我穿上漂亮的毛背心；
我的窝儿就搭在主人的床头，
还给我的窝里铺上柔软的羊绒……

"夏天，又把我的窝儿移到空调下，
让我享受那春天般的温馨；
我整天就是吃了睡，睡了吃，
唯一要做的事就是讨得主人欢心……

"过这样生活的不只是我一个，
你们哪个不是这样在度光阴？
这种日子我们过得心安理得，
宠物嘛，讨得主人喜欢，就算尽了本分……

"听人说，我们的祖辈可不是这样，
我们的祖辈为除鼠害日夜辛勤！
'不管黑猫白猫，能捉耗子就是好猫！'
说这话的是一位中国的伟人……

"我们作为猫，却不会捉耗子，
这其实是丢掉了我们做猫的根本！
我们为什么会变成这样，变成这样？
这事儿值得我们仔细思忖，仔细思忖……"

飞上树尖的鸭子

有句俗话：赶着鸭子上架，
这句话的意思是：勉为其难。
其实，鸭子上架并非难事，
要知道，鸭子的祖先是天上飞的大雁！

有那么一只倔犟的鸭子，
决心要对这句俗话发起挑战！
既为了恢复祖先能飞的荣耀，
又为了做个样儿给世人看看！

它凭借着院子里的一棵榆树，
开始了百折不挠的刻苦锻炼！
它连跳带飞，飞上树枝，
然后又从树枝上跳下地面。

跳下地面又飞上树枝，
飞上树枝又跳下地面；
它就这样跳下来又飞上去，

一天到晚飞上跳下上千百遍！

真个是有志者事竟成，
困难总会在强者的面前服软！
就这样它坚持苦练了一年之后，
就不但能轻易地飞上树枝，
而且能飞上高高的树尖。

猫和松鼠

从前，猫并不会上树，
只会在地上行走、奔跑，
因为它的目标是捉老鼠，
只要能捉到老鼠就满足了。

一天，　猫到山林里去玩耍，
正走到山林中一棵大松树旁，
一只松鼠正在松树上吃松果，
"哗啦啦"一泡尿撒在猫的头上！

猫立即向松鼠提出强烈抗议，

松鼠却笑嘻嘻地不搭不理；

并且还得意地向猫做个鬼脸，

表示向它头上撒泡尿没啥了不起……

猫气愤地望着树上的松鼠，

要求松鼠必须给猫道歉！

松鼠却傲慢地向猫说道：

"你来不到我身边，道歉的事免谈！"

猫感到受了极大的侮辱，

可是对松鼠又没法报复。

这时它想到人常说的一句话：

"自己技不如人，就要受人欺负！"

于是猫下定决心，

一定要学会上树。

一定要报松鼠这一泡尿之仇，

要不然一辈子会感到羞辱！

于是猫开始学习上树，

自然是经过了一番辛苦。

猫终于爬上树把松鼠堵在窝里，

让松鼠向它道了歉，洗雪了耻辱……

这故事给人启发，

这故事给人激励：

如果你不想被人欺负，

你就得有过人的本领和能力！

月亮和落日

西方的夕阳渐渐落山，

东方的月亮冉冉升天，

月亮看着消失的落日，

禁不住有点志得意满：

"谁说我月亮不如太阳？

日落后就由我月亮主宰苍天！

我的光芒同样会洒满大地，

曾有多少诗人把我月亮颂赞……"

太白星听了感到愤愤不平：

"月亮你要有自知之明！

你的光都是向太阳借的，

没有太阳，哪会有你的踪影？"

岔路口

一个青年出外谋生，
带着行李和盘缠，
他在路上走啊走，
来到一个岔路口前：

一条路笔直平坦，
路两边鲜花娇艳；
一条路荆棘丛生，
坎坷不平，曲曲弯弯……

岔路口立着一面指路牌，
牌上的字不是十分明显：
指着平坦路的是："轻松"，
指着坎坷路的是："勇敢"。

到底该走哪条路？
年轻人心里犯了难。
他反复琢磨又琢磨，

最后决定迎着荆棘向前……

石子儿硌肿了他的脚，
荆棘刺扎破了他的脸。
走起来十分吃力，
累得他浑身大汗……

走着，走着，走着，
突然奇迹出现：
道路变得平坦宽阔，
荆棘变成鲜花烂漫……

天空中飘来一朵彩云，
上帝在彩云间向他召唤：
"啊！勇敢聪明的年轻人，
我要为你祝福，为你点赞！

"岔路口那牌子是我立的，
为的是对人们予以考验。
到底要走哪一条路，
全在你的一念之间……

"那条平坦的路是什么路？
现在我告诉你答案：

在那条路的尽头，

是可怕的无底深渊……"

猪八戒求佛祖

八戒常被悟空耍笑欺负，

心里边常感到很不舒服。

有一天它到西天去找佛祖，

向佛祖诉苦，求佛祖给它帮助。

请佛祖赐给它一个金箍，

把那孙猴子的脑袋箍住；

只要它像师父样的一念咒语，

那猴子就痛苦不堪向它屈服……

佛祖听了微微一笑：

"你这请求我可以满足！

只是我有一个条件：

你必须把自己的毛病全部克服！"

八戒问佛祖："我的哪些毛病？"

佛祖便给它一一细数……
当佛祖刚数到第六条，
八戒就已经忍耐不住：

"佛祖！你老人家快别说了，
这些事嘛，我都难得克服……
算了，这金箍我也不想要了，
我宁愿让猴子继续耍笑欺负……"

秋菊和腊梅

秋菊和腊梅，是一对好姐妹，
各自对对方表示由衷的敬佩！

秋菊说："腊梅姐姐！你真了不起！
在冬天，寒风凛冽之时，
你就默默地把花朵孕育；
当满地白雪皑皑，
冬天还没有完全退去，
你便用你鲜艳美丽的花朵，
向人间报告春的消息……"

腊梅说："这是我的本分，

算不了什么，值不得一提！

我觉得，了不起的倒是你！

深秋，当百花凋零之际，

你却顶着寒霜，傲然绽放，

为人间最后留下花朵的艳丽……"

老松树说："你俩的这种谦虚，

令我产生无比的敬意！

其实，你们是各有各的优长，

这优长，互相不能代替。

在世间，往往是，

以己之长，比人之短，

像你们这样，看到对方的长处，

实在是难能可贵，值得世人学习！"

氢气球

氢气球，

升向高空，

随着空气的稀薄，

便开始自我膨胀。

升得越高，

膨胀得越大，

当升到最高最高，

膨胀到最大最大，

就会"啪"地一声爆炸……

有的人，

是不是也像氢气球一样，

随着地位的升高，

随着环境的变化，

也开始自我膨胀，

自我膨胀，

当膨胀到极点，

也爆炸成一堆碎渣……

肥皂泡和肥皂

肥皂泡得意地对肥皂说：

"你看我，漫天飞舞，

五光十彩，诗意盎然，

多么美丽！

不像你，呆呆笨笨，

既不会飞，也没光彩，

更没诗意……"

肥皂微微一笑：

"别忘了你的根基！

如果没有我，

哪里会有你……"

乌云、雷声和干旱的土地

干旱的土地，

渴望一场淋漓的透雨。

天空乌云翻滚，

雷声惊天动地！

干旱的土地，

对来一场大雨充满期冀……

一阵大风吹来，
乌云散了，
雷声也销声匿迹！

干旱的土地，
只是一场空欢喜……

乌云和雷声，对干旱的土地，
玩了一场欺骗的把戏！

在世上，
在人与人之间，
这种欺骗和被骗，
也时常演绎……

毛驴和聪明泉

庐山东林寺的苍松翠柏下，
有一泓泉水名叫聪明泉。
泉水晶莹清澈又甘甜，
倒映着白云、飞鸟和蓝天。

据说喝了这泉水，
就会变得聪明无限：
能知天文，能晓地理，
能把复杂的世事看穿……

于是，所有来庐山的游客，
都争先恐后的来这聪明泉。
为使自己变得聪明，增长智慧，
你一勺我一勺几乎要把泉水喝干……

一头毛驴听说了这件事，
也急急忙忙跑到这聪明泉。
它一口气喝了满肚子泉水，
便以为自己变成了驴中的爱因斯坦……

然而，当它要返回家时，
却忘了来时的路，
不知如何下山，
虽说它满肚子装的都是聪明泉水，
却愚蠢依然，
聪明没有增加一点……

两个旅蒙商

从前，草原上十分闭塞，
很少与草原外的人往来。
牧民们需要的日常用品，
都是靠旅蒙商从关里运来。

有一位旅蒙商十分奸诈，
他的信念是：不得暴利难以发家！
他和牧民们进行买卖交易，
总是对牧民们百般欺诈！

一只羊只能换他一盒火柴，
一块砖茶要换牧民一匹骏马……
因为再没有别的商人到这里来，
牧民们明知吃亏也只好被他欺诈。

后来，又有一位旅蒙商来到这里，
这位商人为人正直主张公平交易。
他的信念是：君子爱财取之有道，

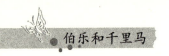
做买卖应该讲究诚信合理取利……

牧民们自然对这位商人十分欢迎，
很快就在草原上传遍了他的好名声！
牧民们从四面八方前来和他交易，
他的买卖很快就十分红火兴隆……

前一位商人来找他进行谈判：
"你这样做买卖赚不了多少钱！
牧民们的钱你不赚白不赚，
要赚钱就应该是把良心丢在一边……"

"道德良心要远远重于金钱，
为得暴利丢弃良心我可不干！
我们家自从走上这经商之路，
从来就把道德良心放在头前……"

谈判没有能取得一致意见，
各自还是坚持自己的信念。
前一位商人只好离开这里，
到另外的草原上去把别人欺骗……

后一位商人的买卖越做越大，
不久就成为了草原上有名的商家。

前一位商人到别的草原上去欺骗别人，
没多久就被后一位商家的分号代替了他……

从此，前一位商人在草原上断了商路，
并且在牧民中留下很坏的名声。
后一位商人靠诚信得到美好的声誉，
买卖兴隆最后成了商界的富翁。

喜鹊、百灵和牧民

喜鹊在树枝上喳喳叫，
说是在给牧民前来报喜；
百灵在天空中悠扬歌唱，
说是给牧民献上美妙歌曲。

牧民却对喜鹊和百灵说：
"歌曲美不美，报喜不报喜，
这些我全不在意。我在意的是：
你们别偷吃我晾晒的奶酪和炒米……

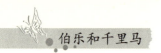

啄木鸟和老榆树

啄木鸟号称森林医生，
为森林中的树木治病。
把树干中的蛀虫消灭，
一天到晚忙碌个不停。

治过了柳树又治桦树，
治过了黄榆又治青松。
被它治好了病的一棵棵树木，
都对它怀着十分感恩的心情……

森林中有那么一棵老榆树，
也是被啄木鸟治好了病；
老榆树却对啄木鸟毫不感恩，
并且有它一套"理论"支撑：

"啄木鸟所谓的要给树木治病，
其实是为了吃树干中的蛀虫；
它为了吃到我树干中的虫子，

还把它的树干凿了许多窟窿……"

众树木听了老榆树的话，
都为啄木鸟感到愤愤不平。
啄木鸟却对此却并不在意，
诚恳地道出了自己的心声：

"为树木治病是我们的天职，
并不是为了让谁领情；
老榆树的话倒也有它几分道理，
为树木治病我也确实吃到了虫……"

决心不再学舌的鹦鹉

鹦鹉从来没有自己的主见，
总是重复别人说过的语言。
因此遭到众鸟的嘲笑、奚落，
鄙视地说它是脑残、缺心眼……

鹦鹉决心要丢掉这坏名声，
对众鸟发表自己独到的高见，

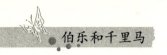

从而恢复它做鸟的尊严，
让众鸟都对它刮目相看！

于是它来到众鸟面前，
说它要发表一通精彩讲演！
当它郑重其事地站上讲台，
讲什么呢？脑子里却是空白一片……

乌龟的失算

乌龟把头爪缩回硬壳，
就像钻进了铜墙铁壁。
任何敌人想要伤害它，
都将是非常的不容易。

乌龟在它的硬壳里，
悠悠然洋洋得意；
太阳晒着它的硬壳，
它在壳里温馨地睡去……

当它醒来的时候，

眼前是一片黑漆。
原来它此时是在，
一条鳄鱼的肚里。

是在它熟睡的时候，
沙滩上来了一条鳄鱼，
把它连硬壳带肉体，
一同吞进了肚子里……

乌龟的这一失算，
让它悔之莫及！
这就是俗话说的：
智者千虑，也有一失！

骏马和动车

一条铁路在辽阔的草原上穿过，
一列列动车在铁路上风驰电掣。
铁路两旁是茂密的绿草鲜花，
草滩上是吃草的牛、马、羊、驼……

骏马看着飞驰的列车，
心里不由感慨良多：
从前，人们都赞美千里马，
如今，千里马又算得什么？

看来，我们已被历史淘汰，
现在，骑马出行的又有几个？
想到这里马儿心中一阵悲伤，
两眼里不由得泪珠儿滚落……

旁边的黄牛问它为啥落泪？
骏马便把它的心情对牛诉说……
黄牛听了禁不住呵呵大笑，
然后又语重心长地把它劝说：

"时代进步，我们应该高兴，
不应该为之沮丧、失落！
除了给人代步、驮货、拉车，
马儿能做的贡献，还有很多、很多……"

毛驴选才

兽界成立了个"兽才选拔中心"，
毛驴当上了这中心的主任。
它执掌着选才拍板的权力，
并且有它掌握的选才标准。

骏马首先跑来应聘，
带着它的档案和介绍信：
"这是一匹难得的好马，
跑起来如同疾风流云！

"历年历届的赛马会上，
曾经多次荣获冠军！
无论是拉车或是乘骑，
全都是百里挑一堪当重任……"

毛驴上前把骏马打量，
看罢了头蹄又看腰身。
最后摇摇头又摆摆手：

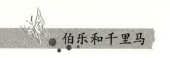

"这马呀……这马不合标准!

"你看它的耳朵是这样小,
看起来颇有点不够英俊!
你看它的眼睛是这样亮,
肯定是性格桀骜不驯……"

接着黄牛又前来应聘,
带着牛族对它的推荐公文:
"这头牛是我们牛中的精英,
吃苦耐劳是头一份!

"既善拉车又善拉犁,
更大的优点是性情温顺!
干活之外还能产奶,
奶产得又多又富养分……"

毛驴上前把黄牛观看,
摸了摸犄角又拍拍后臀。
最后也是摇摇头又摆摆手:
"这牛呀……这牛不合标准!

"你看它这弯弯的两个大犄角,
看样子是多不雅观多么蠢笨!

你再看它这大肚子和大屁股，
肯定是吃得太多——毫无疑问！"

再接着又来了应聘的骆驼，
带来的材料是各界对它的评论：
"骆驼生得身材高大，
驮负重载最是有劲！

"冒风沙穿大漠日夜辛劳，
能忍饥能耐渴性格坚韧！
这些年靠着它的杰出贡献，
使不少荒漠变成绿荫……"

毛驴又上前把骆驼端详，
眼盯着骆驼皱眉思忖。
看了半天同样是摇摇头又摆摆手：
"这骆驼呀……这骆驼不合标准！

"你看它那高高扬起的头，
肯定是骄傲自大目中无人！
别看它这样的沉默不语，
谁知道它是假装的可还是真……"

最后是一头毛驴前来应聘，

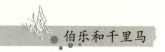

带来了自己的一篇自荐文：
"咱毛驴的优点不用我多说，
主任你比我更加清楚十分！

"论聪明咱们算得上是天下少见，
论智慧咱们更是超群绝伦！
若论起咱们的长相咱们的性格，
那更是相貌出众性格斯文……"

毛驴主任听罢了眉开眼笑，
上前去越是观看越是称心：
"你看它这长耳朵是多么漂亮，
你看它这两只眼睛是多么精神！

"你看它这身上的毛儿是多么顺溜，
就连它那小尾巴也格外喜人！"
毛驴主任兴高采烈地拍板敲定：
"嘿！这一个才合乎最佳的选才标准！"

牛的品格

老牛终日劳累奔波，
拉犁、拉耧、拉磨、拉车……
待到生命结束之时，
还要献出皮、肉、骨骼……

老牛却是无悔无怨，
反而感到十分快乐：
"奉献，无私彻底的奉献，
这就是我们牛的品格……"

家鹅和天鹅

很早很早以前，
家鹅和天鹅是亲兄弟。
两兄弟长着同样有力的翅膀，

长着同样洁白漂亮的毛羽。

每逢到了春天，小河解冻之时，
它们便在高高的蓝天上向北飞去。
浴着灿烂阳光，穿过朵朵白云，
一路上高唱着快乐的歌曲。

它们落脚在遥远的北方草地，
在那里的草地上生儿育女。
在草滩上嬉戏，在湖水中沐浴，
使儿女们的翅膀锻炼得矫健有力。

每逢到了初冬，树叶飘落之时，
它们便又在高高的蓝天上向南飞去。
仍是浴着灿烂阳光，穿过朵朵白云，
一路上高唱着欢乐的歌曲。

每年每年，它们都这样飞来飞去，
传递着春的消息，冬的消息。
每年每年，它们都这样南来北往，
扇动矫健的翅膀，飞越千里万里……

有那么一个落霜的初冬，
一群天鹅又结队向南飞去。

天鹅群中的一对天鹅夫妻，
忽然间对这种往返产生了倦意。

它们想：每年都这样远飞千里万里，
岂不是徒劳往返白费力气！
如果能在途中找个安身之地，
能有吃有喝舒服地过冬岂不惬意？

它们低头看到农家院里的一群鸡，
那些鸡正围着食槽在香甜地吃米。
食槽旁边有一个茅草搭的鸡窝，
那鸡窝虽不高大，却能遮蔽风雨……

它们觉得这是个不错的地方，
于是收敛起翅膀落在农家院子里。
农家主人看到落下两只漂亮的天鹅，
自然是眉开眼笑无比欢喜！

连忙拿出清水，拿出谷米，
给它们解渴，给它们充饥；
又给它们搭了个漂亮的鹅舍，
天黑时就让它们舒服地睡在鹅舍里。

天鹅夫妻感到十分满意，

认为是找到了最理想的安身之地。
于是就在这里过起了安定的生活，
在这里传宗接代，养儿育女。

一年一年，天鹅仍在天上飞来飞去，
留下来的天鹅却在农家乐业安居。
一年一年，天鹅仍是那样春来冬去，
留下来的天鹅却在农家享受安逸……

就这样，不知过了多少年多少代，
留下来的天鹅长成一副肥胖的身体。
它们的翅膀退化，再也不能高飞，
于是，家鹅——便成了它们的名字。

每当圣诞节烤鹅被端上餐桌，
盘里的烤鹅散发出扑鼻的香气。
谁会想到当年它们的祖先，
曾那样自由地在长空翱翔万里……

黑熊减肥

黑熊长了一身肥膘，
走起路来晃晃摇摇。
黑熊对着镜子照了一照，
觉得自己的蠢样子实在可笑！

要是像小花鹿该有多好，
伶俐敏捷又苗条！
跑得快，跳得高，
多风流啊多俊俏！

于是黑熊决定要减肥，
弄来许多减肥的药。
早晨中午和晚上，
吃了一包又一包！

吃得少，喝得少，
饿得肚子咕咕叫！
为了减肥早见效，

甘愿挨饿受煎熬……

老天不负苦心熊，
减肥的效果很奇妙！
刚刚过了一个月，
黑熊便消掉了满身膘！

黑熊变得很苗条，
走路如同细柳摇！
只是头脑总发晕，
眼前常把金星冒……

不久冬天来到了，
北风凛冽雪花飘！
黑熊钻进老树洞，
开始冬眠睡长觉。

想睡却是睡不着，
肚子总是咕咕叫！
并且冷得索索抖，
只因为少了满身保温的膘……

长长的冬天怎么过？
弄不好命也要丢掉！

这时黑熊才后悔，

不该盲目赶时髦……

熊大姐美容

黑熊大姐生得不够俊俏，

它很为自己的容貌烦恼！

它决定要去做一番美容，

使自己变得娇美妖娆！

美容院的名字叫做"使你俏"，

美容师是一只花斑金钱豹。

美容室里摆着明亮的刀剪，

墙壁上贴满了醒目的广告：

能使丑女变成天仙，

能使乌鸦变成孔雀，

能使丑小鸭变成天鹅……

技术高超服务周到。

熊大姐走进美容室，

美容师迎接它眉开眼笑：
"小姐你要做何种美容？
任何要求都能做到……"

"先来做一对双眼皮，
把我的眼睛变俊俏！"
美容师连说："好好好！"
然后拿起了手术刀……

"再来做一下鼻美容，
把我的鼻梁给隆高！"
美容师连忙点点头，
然后又拿起手术刀……

"再来给我纹纹眉，
纹出清晰的弯眉毛！"
美容师连说："是是是！"
随后又给她纹眉毛……

熊大姐做罢美容术，
心里高兴脸上笑！
心想道：从此它走在大街上，
定会有无数羡慕的眼光把它瞧……

没想到，却是手术消毒没做好，
刀口感染成脓包！
两眼上落下两个大疤瘌，
大疤瘌覆盖了弯眉毛……

隆鼻的手术更糟糕，
鼻子变成了歪巴桃！
熊大姐美容想变俏，
结果却变得更丑了！

黑熊掰玉米

黑熊在玉米地里掰玉米，
掰一个便在胳肢窝里。
当它伸胳臂去掰下一个，
头一个玉米便从胳肢窝掉下……

掰呀掰一直掰到地头，
直累得老黑熊热汗直流！
停下来仔细地看了一看，
却只剩下最后掰的一个玉米在手……

这事儿被旁边的猴子看到，
猴子禁不住把黑熊讥笑：
"老黑熊你可真是个呆子，
愚蠢得简直是没有头脑！"

于是"呆子"成了黑熊的外号，
直传得林中百兽个个知道！
有的当面叫，有的背后叫，
叫得黑熊心里直把火冒！

黑熊为了不让大伙再来嘲笑，
决定做个样儿给大伙儿瞧瞧：
于是又到田间去掰玉米，
决不再掰一个把另一个丢掉！

这回它掰下一个便攥得牢牢，
拿着这掰下的玉米便往家跑。
跑回家把玉米稳稳地放下，
然后再跑回去掰第二个……

它的家离玉米田有五里之遥，
需要那个把钟头才来回跑一遭。
大半天它只掰了三个玉米，
还累得气喘吁吁汗珠直掉……

猴儿们在一旁看它来回跑，
一个个不由得笑弯了腰：
"呆子啊想出的这个新招，
比原来的那做法也强不了多少！"

驴和猪

有个名词叫"蠢驴"，
又有个名词叫"蠢猪"；
猪、驴谁比谁更"蠢"？
至今也没弄清楚！

猪对驴嗤之以鼻，
驴对猪不屑一顾。
有一天它俩碰到一起，
又互相不服闹起冲突。

猪说："最蠢的还是驴！"
驴说："最蠢的还是猪！"
最后它俩达成协议：
通过比赛决定赢输。

比什么？就比赛算术，
互相给对方把题目出。
只比赛加减，不比赛乘除，
因为对乘除它俩全都糊涂！

猪给驴出的题是：7+8-4，
驴给猪出的题是：8+9-3；
于是它俩各自开始计算，
托着腮帮，憋得头上直冒汗珠……

低着头算了好大半天，
终于把各自的答案算出。
驴的答案是：12；
猪的答案是：15。

猪说："你的答案不对！"
驴说："你的答案错误！"
互相之间争吵不休，
直吵得脸红脖子粗……

到底是谁的答案对？
到底是谁的答案错误？
到底是猪蠢还是驴蠢？
谁能给它俩说个清楚？

第三辑

小猴子自诩
博览群书

小猴子自诩博览群书

小猴子说它喜欢博览群书，
时不时地常见它捧着书读。
只见它翻书翻得津津有味，
只见它读书读得眉飞色舞。

有时读的是天文地理，
有时读的是科普读物；
有时读的是军事知识，
有时读的是文学名著……

小猴子常常以博览群书自诩，
小猴子常炫耀自己知识丰富。
其实呢它读书从来不曾认真，
只不过是一目十行地"完成任务"。

有的书它只图的是看红火热闹，
有的书它只是翻看那书中插图；
有的书它只草草地读了不到一半，

它的手上就早又换上了另一本书……

有一天它碰到朋友小鹿，
吹嘘它又读了不少好书。
小鹿问它读的是些什么？
于是它得意洋洋地掰着指头数：

"我读了一本小说《汤姆·索亚历史记》，
作者嘛，是英国的克马·温吐。
小说的故事嘛，可真热闹，
最好看的还是书里的插图……

"我还读了一本《域外风情》，
印度洋上有个小岛奴奴火炉。
就是美国的那个什么檀香山，
岛上有着美丽风光奇异风俗……"

小鹿听到这里忍不住哈哈大笑，
直笑得眼里的泪水就要流出：
"那小说的名字是《汤姆·索亚历险记》，
作者是马克·吐温，不是克马·温吐！

"马克·吐温是美国人不是英国人，
他没有英国绿卡怎么能在英国落户？

还有，怎么把‘历险’变成了‘历史’？
请问问你，这历史是近代还是远古？

"檀香山本名叫做‘火奴鲁鲁’，
什么时候名字成了‘奴奴火炉’？
这个小岛本来是在太平洋上，
你把它搬到印度洋上放在何处？"

小猴子被小鹿说得羞红了脸：
"那是我，那是我……没记清楚……"
小鹿说："你这样地所谓‘博览群书’，
实际上，读过的书根本就等于没读！"

小猴子送信

爷爷交给小猴子一封信，
让它把信送给东山上的二叔。
二叔在东山沟里开了一块地，
在那新开的地上栽上了果树。

有桃树有李子树又有梨树，

有苹果有葡萄又有枣树，

有核桃有樱桃还有栗子，

有的树连小猴子也不知名目……

这些果树已栽种了有三四年，

有的已经开花结果带来财富。

由于二叔对这些树的辛勤呵护，

棵棵果树都长得枝叶扶疏……

到春天，桃李开花一片红霞，

梨树、李树开花一片白雾；

到秋天，树上的果子压弯树枝，

红枣、樱桃红得就像那闪光的珊瑚……

小猴子拿上信走出家门，

快步地走上去东山的路。

小路旁的山花姹紫嫣红，

山坡上长满了青草绿树。

小猴子正在走着，走着，

草丛中突然跳出一只小兔。

这小兔看来是刚刚出窝，

跑起来还有点迈不稳脚步……

小猴子突然来了兴趣，
它很想抓住这只小兔。
把小兔在笼里养起来，
作为自己心爱的宠物……

于是它开始追那小兔，
那小兔却突然加快了脚步；
追呀追，追了好大半天，
还是没有能把小兔抓住……

就在它追小兔的过程之中，
手里的信却不知丢在了何处……
它害怕丢了信爷爷会把它责备，
回家后就对爷爷谎说完成了任务……

第二天整个白天平安无事，
到夜间却狂风猛刮暴雨如注！
狂风暴雨引起猛烈的山洪爆发，
冲毁了山沟里二叔栽的所有果树……

二叔垂头丧气回到家来，
把所受的灾害向爷爷讲述。
爷爷说："我给你的信你没有见到？
为什么不事先做好对灾害的防务！"

二叔听了爷爷的话一头雾水：
　"信？什么信？你的话让我糊涂！
我从来没见到你给我的什么信，
你信上说了什么我更是一点不清楚！"

爷爷说："三天前我从天气预报得悉，
近日这里会有一场空前的狂风暴雨！
我知道你在那里听不到天气预报，
就写信把预防灾害的事告诉了你：

　"我让你在果树地上游筑一条坝，
在两旁再挖两道泄水的沟渠。
这样一旦那狂猛的山洪下来，
就会顺着泄水沟渠流下山去……

　"我让小猴子把信送给你，
它说是已经把信送到你那里……"
还没有等爷爷把话说完，
在一边的小猴子已沉不住气。

它眼里的泪水哗哗地流了下来：
　"爷爷……是……是我骗了你！
那信……那信……是我丢了，
我……我……并没有把信送去……"

爷爷和二叔只好无奈地叹了口气，
爷爷说："事已至此……还有啥说的！
你若是早告诉我把信丢了，
我会再写一封信让你送去……

"唉！一个人犯错误并不可怕，
可怕的是用谎话把错误隐匿；
就用这些果树的损失作为代价吧，
换来你把沉痛的教训牢记在心里！"

猴子听交响乐

猴子要去听交响乐，
买到一张很好的票。
所有的听众都已坐好，
它才慢悠悠姗姗来到。

指挥向听众一鞠躬，
全场立刻静悄悄。
它却四处跑着乱吵吵：
"哪里是我的座位号？"

当它坐到了自己的座位上，
音乐会已经开始了。
听众们都在静静地听音乐，
它却仍在大呼小叫：

"听，这是贝多芬的《命运交响曲》！
嗨，这音响，这效果，真叫美妙！"
其实，此时台上正在演奏的乐曲是：
莫扎特的第二交响曲，降 B 大调……

猴子啊就这样不懂装懂，
猴子啊就这样不讲礼貌！
听众们忍不住对它提出批评，
它却不服地说："我花钱买了票……"

小猴子吃药

小猴子得了感冒，
头疼，咳嗽，发烧，
妈妈让它吃药，
它连连把头摇……

妈妈说："不吃药,
你的病好不了!"
小猴子还是连连摇头:
"我不吃药,我不吃药!"

小猴子拗不过妈妈,
只好张开嘴让妈妈喂药;
可是,当妈妈一不留神,
它就转过身把药吐掉……

就这样,
小猴子的病,
不但没有好,
反而越来越重了……

小猴子赴喜宴

小猴子的二表哥娶亲,
妈妈带上它去赴喜宴。
喜宴上的饭菜真可口,
小猴子吃了个肚儿圆。

吃罢了饭菜又吃水果，

各种各样的水果又香又甜！

有樱桃、有葡萄又有红枣，

有香蕉、有苹果又有桂圆……

吃了樱桃，又吃葡萄，

吃了苹果，又吃桂圆；

吃了香蕉，又吃红枣，

小猴子把水果吃了个遍……

妈妈说："不要吃得太多，

吃坏了肚子可要上医院！"

它摇摇头说："没事儿，没事儿！"

一面说一面还是吃个没完……

就因为它没听妈妈的话，

回到家它发作了急性肠胃炎！

肚子剧烈疼痛，上吐下泻不止，

只好叫来救护车赶往医院……

到了医院又是吃药又是输液，

一直折腾了一整夜又一整天。

小猴子可真是吃够了苦头，

这时候即使后悔也为时已晚！

出院时妈妈语重心长地对它讲：
"这个教训你可要牢记心间！
要知道，凡事都要适可而止，
不然，必然给自己带来后患……"

小猴子和百灵鸟

小猴子逮到一只百灵鸟，
把百灵鸟关在鸟笼中。
百灵鸟在笼里跳跃歌唱，
小猴子看了好个高兴！

小猴子给百灵鸟喂米，
小猴子给百灵鸟喂虫，
小猴子给百灵鸟洗澡，
小猴子给百灵鸟梳理羽翎……

小猴子对百灵鸟百般疼爱，
就为了听它那动听的歌声。
小猴子对百灵鸟宠爱有加，
把自己当做百灵鸟的知音……

猴爷爷却对小猴子说道：
"你不该把百灵鸟关进鸟笼！
蓝天才是百灵鸟的乐园，
百灵鸟应该自由地飞在天空！"

小猴子不同意猴爷爷的看法：
"你看它在笼子里是多么高兴！
就因为它在这里感到幸福，
所以才唱得这么悠扬动听！"

猴爷爷郑重地对小猴子说道：
"百灵鸟的歌声你没有听懂！
它唱出的歌儿哪里是快乐高兴？
分明是忧愁、叹息、无奈、悲痛！

"你想想，要是把你关进笼子，
让你失去自由你会快乐高兴？
就是每天给你吃得好喝的好，
你肯定会是愁闷的痛哭失声……"

小猴子听罢猴爷爷的话，
懂得了应该是将心比心。
再仔细去听鸟儿的歌唱，
也听出了鸟儿似在悲鸣……

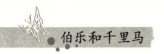
于是，小猴子立刻打开笼门，

让百灵鸟自由地飞上天空。

小猴子看着鸟儿快乐地飞走，

自己心里也感到格外高兴……

猴子和蝙蝠

一只蝙蝠伤了翅膀，

落在地上再不能飞起。

猴子曾听说蝙蝠是益兽，

便小心地把蝙蝠带回家里。

它要把蝙蝠好好喂养，

让蝙蝠很快地恢复健康；

然后再把蝙蝠放飞，

让它再回天空去自由飞翔。

猴子拿来好吃的东西，

豌豆、稻谷、还有花生米。

它想：蝙蝠和老鼠样子像兄弟，

它们一定会有着相同的食欲……

蝙蝠对这些好吃的东西，
却好像一点都不感兴趣。
既不吃也不闻理也不理，
宁肯饿着自己瘪了的肚皮！

于是猴子又拿来一把红枣，
还拿来两个鲜红的蜜桃！
这是猴子自己最喜欢吃的东西，
蝙蝠也许会同样喜欢这美味佳肴！

然而，蝙蝠对于红枣和蜜桃，
仍然是不吃不闻不理不瞧！
就这样过了一天又一天，
蝙蝠因饥饿而死掉！

猴子的心里好个懊恼：
难道说我对蝙蝠照料得不好？
到后来它才明白是自己缺乏调查，
蝙蝠真正爱吃的东西它没找到……

逞能的小猴子

有一只小猴子喜欢逞能，
总想在伙伴们面前充当"英雄"！
别的小猴子都不敢做的事，
它总是一拍胸脯："这事我行！"

悬崖峭壁上有一个鹰巢，
鹰巢里有两只羽毛未丰的雏鹰。
小猴子们都想把雏鹰掏到手，
然而却是崖高壁陡都不敢攀登。

逞能的小猴子一拍胸脯，
高声地说道："这事我行！"
于是便攀着峭壁向上爬去，
一边爬一边嘴里还哼着歌声……

爬呀爬还没有爬到崖顶，
突然间身子一晃一脚踏空！
骨碌碌从崖壁上掉了下来，

就像是一只断了线的风筝……

多亏了落在一棵树上，
这才没有丧掉性命！
然而从树上又跌到树下，
被摔了个头破血流鼻青脸肿……

小猴子本应当接受教训，
它却是好了伤疤忘了疼。
仍然是不自量力喜欢逞能，
仍然是在人前爱充"英雄"。

初冬，河里刚刚结了一层薄冰，
平平的冰面如同闪光的明镜。
小猴子们想到冰上去滑冰玩耍，
却又都怕踏破薄冰掉进河中！

"你们呀真是一群胆小鬼，
请看我为你们陷阵冲锋！"
逞能的小猴子跳上冰面，
还在那冰面上蹦了几蹦！

只听得"咔嚓嚓"一声巨响，
冰面上破了一个大窟窿！

小猴子一下子跌进冰水里，
这才声嘶力竭地高喊："救命……"

多亏了伙伴们奋力相救，
扔给它一根救命的草绳。
这才把它从冰水里拉了上来，
保住了它的一条性命……

小猴子这次又吃了苦头，
它却仍未改掉逞能的秉性。
仍喜欢在伙伴们面前拍个胸脯，
表现出只有它才是"英雄"！

有一天猴子们节日欢庆，
弄来了香醇的美酒几大桶。
酒席上猴子们谈笑议论，
比酒量谁个是头号英雄？

小猴子一拍胸脯："当然是我！
比酒量你们一个个全都不行！
我喝上十碗八碗都不会醉，
你们不信咱们就当场验证！"

有两只小猴子表示不服，

于是它们就赛上了输赢！
逞能的小猴子连喝果酒三大碗，
又加上烈性的白酒两瓶……

直喝得醉成了一摊烂泥，
四天三夜昏迷不醒！
被送进医院打针又输液，
死去活来地好个折腾……

小猴子就总是如此逞能，
每一回的苦头都吃得不轻！
它自己还得意地觉得是"英雄"，
别人却把它当成笑柄……

好为人师的小猴子

有一只小猴子好为人师，
总觉得自己比别人高明。
常爱说："这事……怎么能这么做？
你呀，可真是一个笨虫！"

在山坡它看到小羊割草，
上前去给小羊进行指导：
"草呀，怎么能这样地割？
你呀可真笨得可笑！"

它从小羊手中夺过镰刀，
挥起镰刀给小羊示范——
结果是草没割几棵，
倒被镰刀割破了自己的脚面……

在山腰它看到小熊砍柴，
又上前去给小熊进行指点：
"柴怎么能这样砍？
你这样的笨家伙世上少见！"

它从小熊手中夺过斧头，
抡起斧头给小熊表演。
结果是柴没砍下来，
斧柄倒被它"咔嚓"弄断！

在山下它看到白兔盖房，
又上前去指导白兔砌墙：
"墙可不能像你这样砌，
看来盖房的事你真外行……"

它从白兔手中夺过瓦刀，
抡起瓦刀就往墙上砌砖。
那砖砌得斜斜扭扭，
眼看着它砌的墙就歪向一边。

小猴子就这样好为人师，
常常是闹笑话又捅漏子。
小伙伴们都感到它很是可笑，
它自己却觉得很是得意……

粗心的小猴子

眼看时间已到，
赶紧要去学校。
早点尚未吃完，
放下撒腿就跑。

刚刚跑出家门，
转身又把门敲。
只因跑得匆忙，
忘了背上书包！

慌忙找到书包，
背上又往外跑。
跑出家门不远，
又把一事想到：

老师留的作业，
今天上课要交！
昨晚做完作业，
不曾放进书包……

忙又跑回家去，
把作业本找着；
匆忙装进书包，
撒腿又往外跑。

慌忙跑到学校，
心儿咚咚直跳！
教室正在上课，
又是一次迟到……

老师布置作业，
要往本子上抄；
拿出了作业本，
铅笔却找不到……

急得抓耳挠腮，
头上汗珠直冒！
还是不知铅笔，
到底哪里去了……

小猴如此粗心，
小猴如此毛躁；
它的成绩好坏，
只有老天知道！

猴子球星

猴子们组织了一支足球队，
常和小熊小鹿的球队比赛。
绿茵场上踢得热火朝天，
常常是你来我往互有胜败。

渐渐地小猴队占了上风，
不论是防守还是进攻。
如果是踢上十场比赛，
总有七八场是小猴队赢。

小猴队中有一名球员，
这球员的名字叫做黑眼圈。
黑眼圈简直是一名足球天才，
体质好又加上技术全面。

不论是当后卫还是作前锋，
跑起来都快得像是一阵风！
尤其是那漂亮的临门一脚，
差不多总是百发百中！

不论是巴西的著名球星罗纳尔多，
还是德国的著名球星克林斯曼，
以至意大利的著名球星皮耶罗，
和它比起来全都得靠边站！

黑眼圈越来越觉得自己了不起，
把其他的球员全都不放在眼里！
只要是它自己一得到球，
便再不肯把球往外传递。

要么是不管不顾地带球过人，
要么是远远地起脚射门。
它一心想的是表现自己，
其结果往往是事与愿违！

不是过人不成把球丢掉，
就是远远射门把球踢飞！
还常常做出些野蛮动作，
被裁判宣判为故意犯规！

渐渐地小猴球队在走下坡路，
十场球总有七八场要输！
球迷们都对它大失所望，
队友们也全都对它埋怨个不住……

黑眼圈却不愿接受大家的批评，
觉得自己是足球界最耀眼的明星！
如果它离开这猴子球队，
去加盟哪个队都会价值连城……

于是它离开了猴子球队，
去接洽到别的球队施展才能。
结果却没有一个队肯接纳它，
它只能是在绿茵场外孤独飘零……

第四辑

鼠猫斗计

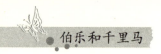

老鼠求签

老鼠流年不利，
总是碰上仇敌！
刚刚钻出窝门，
黑猫蹲在那里。

逃掉黑猫追捕，
却又碰上狐狸！
逃出狐狸利爪，
又和毒蛇相遇！

人人见了喊打，
处处是捕鼠器！
多管闲事的狗，
也来把它袭击！

老鼠仰天长叹：
"命运怎这不济？
何时时来运转，

方可平安无虞？"

老鼠前思后虑，
决定求签解疑。
对自己的前程，
心中好有个底。

老鼠来到庙堂，
烧上三炷高香。
叩了三个响头，
签筒捧到手上。

先是摇了三摇，
后又晃了三晃。
猛地"啪哒"一颠，
神签跳到案上。

连忙捧起神签，
定睛仔细端详：
真是一支好签，
签上标着："上上"！

转眼再看解语，
更是心花怒放：

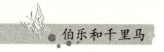

"官运财运亨通，
遇难皆可呈祥⋯⋯"

老鼠好个高兴，
转身出了庙堂。
老鼠得意忘形，
迈步趾高气扬！

好运已经来到，
前程一片辉煌！
自有神灵保佑，
何惧猫类猖狂！

向前走了几步，
遇上一黄鼠狼！
黄鼠狼正饥饿，
寻找充饥食粮。

老鼠不慌不忙，
扬脖悠然前往。
因为它颇相信：
"遇难皆可呈祥⋯⋯"

当它一命呜呼，

到了西天路上，
这才猛然醒悟：
神签也会说谎！

老鼠和鼠药

一只老鼠误吃了鼠药，
据广告说这鼠药有强大药效！
这鼠药的剧毒无法可解，
等待它的只有死路一条！

这老鼠知道自己死期已近，
忽然间一股豪气直上眉梢：
"既然我已注定难免一死，
何不用我这临死的身躯去对付猫？

"我故意找上门去让猫吃掉，
那猫也会同样中毒性命难保！
也算是我临死为鼠族做个贡献，
就像那荆柯刺秦王青史名标！"

老鼠们听了它这一番话,
一个个激动得热泪直掉!
这样的义士在鼠群中还不多见,
真正是可敬可佩可歌可泣可书可表!

老鼠们庄严地为它饯行,
一个个神情严肃不苟言笑。
老鼠首领恭敬地为它献上壮行酒,
众老鼠呼啦啦在它面前跪倒:

"义士你此一去舍身成仁,
为鼠族将立下天大的功劳!
在我们每一个老鼠的心中,
会永远留着你的音容笑貌……"

于是这老鼠就去找猫,
要和猫同归于尽一同死掉!
猫儿却并不知其中的奥妙,
高兴地收下了这顿美味佳肴……

老鼠们得知猫已把鼠义士吃掉,
禁不住高兴得又跳又笑:
"可恨的猫你的死期就要来到,
这也算是善有善报恶有恶报!"

可是过了一天，又过了两天，
猫儿却仍是那样欢蹦乱跳！
还是那样千方百计与鼠为敌，
一点儿都没有要死的预兆！

这到底是为什么？为什么？
老鼠们很是觉得诧异蹊跷！
哎！原来是它们上了广告的当，
那鼠药本来是伪劣假冒！

灰老鼠的迷幻药

大灰老鼠发布了一则广告，
说是它发明了一种迷幻药。
这迷幻药有着神奇的功效，
功效就是专门用来对付猫。

只要把这迷幻药向猫一撒，
什么猫的灵魂都会出了窍。
在猫眼里老鼠就成了老虎，
猫会吓得浑身发抖拼命逃跑。

只要是老鼠们都有了这种药，
世界上的老鼠就再也不怕猫。
谁要想买这药就赶紧快来买，
药不多，来晚了可就买不着……

老鼠们看了这可喜的广告，
一个个高兴得手舞又足蹈。
一传俩俩传仨喜讯满天飞，
这一下老鼠们要把好运交！

老鼠们争先恐后地全都来买药，
有的买三十包，有的买五十包。
虽说是这迷幻药的价格有点高，
价高点也不算啥，只要效果好！

最高兴的当然还是卖药的老鼠，
高兴的是它的生意会是这么好！
它在前边不停地给顾客们发药，
它的老婆在身旁忙数钞票……

不一会儿就把药卖了个精光，
钞票一摞又一摞堆起老高。
没买到药的老鼠们都很失望，
后悔自己不应该来晚迟到……

买到药的老鼠们兴高采烈，
便用那买回的药去对付猫。
结果它们照样都成了猫的美餐，
只有那卖假药的骗子在窃窃偷笑……

老鼠学兵法

老鼠和猫交战，
得胜的总是猫。
老鼠不是丧命，
便是狼狈而逃。

老鼠处此逆境，
心中甚是苦恼！
老鼠苦思冥想，
怎样来对付猫？

老鼠阅读各种兵书，
老鼠查阅各种资料；
老鼠背熟三十六计，
钻研斗猫的种种韬略。

终于有那么一天，
老鼠觉得已韬略不少；
于是便施展各种计谋，
决心战胜可恨的猫！

老鼠的借刀杀猫计

老鼠首先用一计，
计名就叫"借刀杀猫"！
这"刀"就是猫的主人，
就借这"刀"把猫杀掉！

猫的主人喜欢藏书，
书籍是他心爱的至宝！
谁若是损坏了他的书籍，
他定会大发雷霆愤怒暴跳！

这天猫儿外出会友，
猫的主人也上班去了。
书房里面静静悄悄，
正是好的机会来到。

于是老鼠们一齐出动，
爬上书架狠撕狠咬！
撕掉一本本书的封面，
咬破书页咬烂书角……

把一本本书扯下书架，
在地上扔了个乱七八糟！
又弄来一些猫屎猫尿，
在书架上下乱洒乱抛……

老鼠们完成了这场"杰作"，
回到窝里得意地窃笑！
只等那猫的主人回到家来，
自会有一场"好戏"等它们瞧……

首先是外出的猫儿回到家来，
看到这景象吃惊不小！
猫儿正看着书架惊诧发愣，
就在这时下班的主人也回来了！

主人进门看到这番情景，
不由得心中怒火燃烧！
他看到愣在书架前的猫，
又看到书上的那些猫屎猫尿……

他认定这坏事是猫干的，
骂一声："你找死了！
我的书什么地方碍着了你，
你竟然这样地发疯胡闹！"

主人顺手拿起一根藤条，
把猫儿狠狠抽打劈头盖脑！
冤枉的猫儿可真是有口难辩，
只能是皮肉受苦嗷嗷惨叫……

听着猫儿被打得嗷嗷惨叫，
老鼠们幸灾乐祸得意地窃笑：
"可恶的猫啊你也有今天，
这可真叫：不是不报，时候不到！"

猫儿被打得皮开肉绽，
主人却仍是怒火难消！
多亏了女主人回到家来，
为猫讲情才留下它猫命一条……

猫的将计就计

猫儿吃了大亏，
心中甚是气愤！
它心里很是明白：
老鼠是此事的祸根！

猫儿把牙紧咬，
心中暗暗想道：
若不报仇雪恨，
今生誓不为猫！

老鼠读过的各种兵书，
猫儿其实也全都读过！
老鼠学到的各种韬略，
猫儿其实也全都晓得……

算得上是棋逢对手，
你来我往斗智斗勇！
哪个计谋施展得当，

便可得手出奇制胜！

猫儿挨打受伤，
确实伤得不轻！
猫儿便将计就计，
引诱老鼠送命！

猫儿躺在地上，
不住呻吟哼哼：
　"哎哟！我的脊梁断了！
这下子再活不成！

　"我不光受了重伤，
并且又得了重病！
又高烧又是头疼，
不能挪也不能动！

　"没想到我的今天，
竟然会遭此不幸！
有哪个会可怜我？
快快来救我一命……"

听了猫儿的呻吟，
老鼠们好个高兴！

老鼠们出得窝来，
把猫儿奚落戏弄：

"这是你恶贯满盈，
老天爷把你报应！
看你呀还能不能，
逞你那往日的威风？"

老鼠们眉飞色舞，
尽情地把猫儿嘲讽：
"从前的那猫大王，
怎成了这可怜虫？"

老鼠们蹦蹦跳跳，
来到那猫的身旁。
一只肥大的老鼠，
竟跳到猫的背上。

猫儿翻身跳起，
如同闪电般迅疾！
跳到它背上的老鼠，
被扑到它的脚底！

同时把头一摆，

猛地把嘴一张！
另一只肥大的老鼠，
也叼到了它的嘴上！

猫儿的将计就计，
之所以获得成功，
只因为这些老鼠，
一个个得意忘形……

老鼠的离间计

老鼠中了猫的将计就计，
惨痛地损兵折将！
惊慌失措地逃回窝去，
又把对付猫的计谋商量。

老鼠们想来想去，
又想出一条妙计。
计谋是挑拨离间，
让黄狗替它们出气！

老鼠找到黄狗，
对黄狗毕恭毕敬；
先是作了三揖，
随后又鞠了三躬：

"亲爱的黄狗大叔！
我们对你无比崇拜！
天下的狗我们见过不少，
哪个有你的风度、你的气派？

"可恨的是你身边的老猫，
却总是专门跟你作对！
那都是因为它对你嫉妒，
才在背后恶毒地把你诋毁！

"可还记得半个月前，
主人对你的一顿毒打？
那便是因为可恶的猫，
在背后说了你的坏话！

"你偷吃了厨房的肉，
主人怎么就会知道？
那都是因为阴险的猫，
悄悄地向主人作了汇报……"

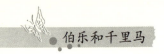

黄狗听了这话，
不由火冒三丈！
决定要给那猫，
一番苦头尝尝！

黄狗找到了猫，
猛扑上去就咬！
到底是为什么？
猫儿并不知道！

猫儿被狗咬得，
浑身上下是伤！
老鼠们在一旁偷看，
得意地欢笑鼓掌……

老鼠的瞒天过海计

猫儿被狗咬伤，
知道又上了老鼠的当！
决心要狠狠报复，
让老鼠血债血偿！

猫儿养好了伤，
便开始向老鼠凶猛地进攻！
然而它刚抓到两只老鼠，
老鼠便相应采取了行动。

老鼠藏在窝里，
使它很难见到踪影。
猫儿决定采用守洞待鼠之计，
趴在那鼠洞门口耐心地等。

猫儿心想：老鼠总得要吃要喝，
渴了饿了时总得要出洞。
只要等它们一出洞口，
自然就会落在我的手中……

于是，猫儿便趴在老鼠洞口等，
等呀等，从清晨等到黄昏；
等呀等，又从黄昏等到黎明，
可还是一直没见老鼠的踪影……

猫的肚子饿得咕噜咕噜叫，
猫的嗓子渴得火辣辣地疼！
猫儿啊又渴又饿实在忍耐不住，
只好离开老鼠洞口自动收兵……

莫非是老鼠比猫更耐渴耐饿？

还是有吃的喝的储藏在洞中？

还是老鼠们已全在洞中渴死饿死？

这纷乱的思绪猫儿一直难以理清……

忽听得墙那边老鼠们在说笑：

"傻猫它不怕饿就尽管让它去等！"

原来是老鼠们采用瞒天过海之计，

在墙那边又掏开了一个洞门……

猫的火攻计

这轮斗计又被老鼠占了上风，

气得猫眼睛里直冒金星！

想来想去它又想出一条妙计，

决定要对老鼠们实行火攻！

猫在老鼠洞口放上一堆柴，

点着火就用扇子使劲扇风！

眼看着浓烟烈火窜进鼠洞，

便跳过墙去在那边的洞口等。

猫还嫌浓烟烈火不够厉害，
又把几个红辣椒放进火中。
火烧红辣椒的那股辣味儿，
谁都会被熏得咳嗽头疼！

老鼠在洞中被熏得受不了，
便只好钻出窝来仓皇逃命！
趴在洞口的猫儿等了个正着，
一个个老鼠被它活活生擒……

猫就这样地如法炮制，
进攻了一个鼠洞又一个鼠洞！
老鼠们被猫趁火打劫，
损兵折将呜呼哀哉伤亡惨重……

老鼠的美"鼠"计

俗话说：英雄难过美人关，
这句话据说是自古皆然！
老鼠们就决定用个美"鼠"计，
让猫掉进它们的陷阱深渊！

只要老鼠做了猫的美貌娇妻，
老鼠和猫便成了至近亲戚。
猫自然便不能再与老鼠为敌，
爱妻的话它应该是百顺百依！

爱妻让它向东它不能向西，
爱妻让它咬鸭它不能咬鸡！
猫儿就会成为老鼠的傀儡，
那样的美日子该何等惬意！

如果猫让老鼠有啥不如意，
美人便立刻会叫它过不去！
只要是美人睡在它身边，
就算是要杀掉它也很容易！

老鼠便在它们当中开始选美，
规定了严格的选美标准！
既要有姿色还要有风度，
定要让那猫儿一见消魂！

选呀选终于选出了一位美女，
这美女称得上是漂亮无比！
老鼠男士们没有一个不为之动心，
谁能得到这样的美人真是福气！

俗话说：好马还得配好鞍，
老鼠们又为美人盛装打扮：
耳朵上戴上一副闪光的金耳环，
脖子里戴上一条宝石项链！

一双眉毛描得又黑又长，
一双嘴唇涂得又红又艳；
一双眼睑又栽上长长的睫毛，
用胭脂又涂红了两个脸蛋……

老鼠们围着美人左看右看，
这样的美人真是世上少见！
管保那猫儿会一见钟情，
看来这美妙的前景就要实现！

老鼠们抬着一顶漂亮的花轿，
吹吹打打把美女送到猫的面前。
还没等老鼠们把花轿放下，
猫儿便"呜"地一声把轿扑翻！

老鼠们一见猫变了脸，
一个个惊慌失措连忙逃窜！
轿里的美女逃跑不及，
便落在了猫的爪子下面……

老鼠们的这一计是大大失算，
原来猫和老鼠的审美观相差甚远——
在老鼠们看来是天仙般的美女，
在猫看来却只不过是可口的美餐……

老鼠的上房抽梯计

老鼠在前面逃去，
猫在后面追击。
猫和老鼠之间，
一步步缩短着距离。

这是一只老鼠首领，
有着超凡的智力。
多少次靠着它的智慧，
在猫的利爪下化险为夷！

它一面在拼命逃跑，
一面心里想着主意。
怎样摆脱猫的追赶，
并且给猫有力地反击？

猛然间它抬头看见，
一条大河就在面前。
河面上结了冰，
冰面在阳光下银光闪闪。

时令刚到初冬，
天气还不是很冷。
那河面上的冰，
只结了薄薄的一层。

老鼠心中一喜，
立刻有了主意：
决定要给猫儿，
来个上房抽梯。

老鼠拿定主意，
便向冰上跑去！
还故意趔趄地摔了一跤，
装作已没了力气……

猫儿来到河边，
老鼠已到了对岸。
猫儿想也没有多想，
便撒腿跑上冰面。

薄薄的一层冰面，
能承受的重量有限。
老鼠的身体很轻，
跑过去刚刚不会塌陷。

猫儿长得又肥又胖，
重量自是和老鼠不同！
它刚刚跑上冰面，
冰面便塌了个窟窿！

猫儿掉进了河中，
挣扎着大喊："救命……"
老鼠却在对岸，
高兴得又笑又蹦……

多亏一只好心的乌龟，
来救了猫儿的性命。
猫儿爬上岸冻得发抖，
老鼠却早已逃得无影无踪……

猫的无中生有计

老鼠前面逃跑，
猫儿后面追击！
老鼠急中生智，
钻进树洞里去。

树洞口儿很小，
猫儿钻不进去。
只能望着树洞，
瞪着眼睛生气。

老鼠在树洞里，
很是洋洋得意：
"猫先生快进来，
我在这里等你……"

猫儿抓耳挠腮，
真是又气又急！
忽然心头一亮，

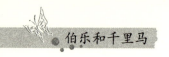

有了一个主意。

"啊！眼镜蛇大姐！
你真是好运气！
正有一顿美餐，
就在这树洞里！

"眼镜蛇大姐，
你可要讲义气！
别忘了这好事儿，
是我告诉你的……"

老鼠听了这话，
心里又惊又惧！
蛇是老鼠克星，
最可怕的仇敌！

蛇的身子很细，
并且又能弯曲；
钻进这个树洞，
对它很是容易……

呆在树洞里边，
如此束手待毙，

不如拼命一搏，
还可碰碰运气！

如果运气很好，
也许会有奇迹：
逃脱猫蛇追捕，
侥幸化险为夷！

老鼠想到这里，
猛地蹿了出去！
猫儿等个正着，
把它扑在脚底……

老鼠这才知道，
有蛇本是假的！
猫儿是采用了，
无中生有之计！

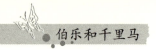

老鼠的围魏救赵计

猫儿堵住了老鼠一家，
老鼠儿子和老鼠妈妈。
老鼠一家藏在洞里，
猫儿扛来了铁锹一把。

猫用铁锹把鼠洞挖，
这一手对老鼠真叫可怕！
只要是把鼠洞挖到了底，
老鼠母子就要乖乖被猫擒拿！

外面归来了老鼠爸爸，
看到了这情景心如刀扎！
忽然之间它急中生智，
想到了围魏救赵的办法！

这猫儿刚刚做了妈妈，
生了五只小猫崽三黑两花。
小猫崽还没有睁开眼睛，

也还没有长毛儿浑身溜滑。

老鼠爸爸转身跑到猫的窝里，
张嘴就咬小猫崽的脑瓜！
小猫崽疼得发出嗷嗷惨叫，
惨叫声惊动了猫儿妈妈。

猫妈妈听到孩子的惨叫，
不知道是什么仇敌闯进了家！
猫连忙扔下挖鼠洞的铁锹，
惊慌失措地奔跑回家……

这时老鼠爸爸早已溜走，
跑回去搭救自己的一家。
老鼠母子由此得以脱险，
这一回合老鼠又成为赢家……

猫的欲擒故纵计

为了保护自己的孩子，
猫妈妈再不敢轻举妄动。

于是老鼠们得寸进尺，
猫妈妈一离开便向猫崽发动进攻！

猫妈妈敛气屏声，
任老鼠们恣意横行。
为了自己的孩子，
她宁可忍辱负重。

老鼠们更加嚣张，
把猫不放在眼中。
有时还故意挑衅，
把猫儿奚落戏弄。

偷粮食咬破粮囤，
偷油喝打破油瓶。
还大声嘲笑漫骂，
说猫是无能孬种！

老鼠们打的算盘，
是企图声西击东。
采用调虎离山计，
把猫儿引出家门。

一伙老鼠把猫引向远处，

一伙老鼠冲进猫的家中。
把猫崽儿通通咬死，
以此来报仇雪恨！

猫儿已识破老鼠的诡计，
便来个欲擒故纵。
任凭老鼠漫骂挑衅，
它都装做充耳不闻。

猫儿整天闭门不出，
如同是在修身养性。
有时出去弄点吃喝，
霎时便又回到家中。

就这样过了一天又一天，
长大了的小猫崽欢跳乱蹦。
就这样过了一天又一天，
猫崽们开始有了猫的威风和本领。

老鼠们却仍在洋洋得意，
以为猫成了它们手下的败兵！
老鼠们仍是肆无忌惮，
忘乎所以地横闯直冲……

忽然间猫妈妈带领着孩子，
向老鼠们发起闪电般冲锋！
老鼠们一时逃跑不及，
在猫的利爪下纷纷丧命……

老鼠也来了个无中生有

一天，老鼠首领落在猫的脚下，
它的样子却是一点都不害怕！
并且仰起脖子哈哈大笑：
"要吃我你就快吃下去吧！"

猫倒不由被它笑得发愣：
"临死的东西你在笑啥？"
"我笑我今日死得其所，
命换命，我一条命换你猫的全家！"

"鬼东西你休要花言巧语，
用这话危言耸听把我恐吓！"
"我的这话你爱信不信，
不信的话就快把我吃下去吧！"

听了这话猫的心里更是疑惑：
"是啥事快说出来不许耍滑！"
老鼠却闭住嘴不肯细说，
猫便对它又抓又打重重体罚！

老鼠故意装做忍受不住：
"别打了！别打了！我讲实话！
在我们老鼠群中正流传鼠疫，
鼠疫这病你一定知道它的可怕！

"我们家的东邻西舍都已死光，
我的一家老小也都到了黄泉之下！
只因我的身子骨儿特别强壮，
才这样多活两天显得命大！

"其实我的心里很是明白，
鼠疫死神决不会把我留下！
我知道自己已经受了感染，
鼠疫病在我身上可随时爆发！

"如果你把我吃下肚去，
你自然可想到后果的可怕！
不但你自己会染上鼠疫，
而且还会传染你的全家……"

猫听了老鼠的话半信半疑，

可还是不敢贸然把老鼠吞下。

哎！为了万无一失，宁可信其有，

于是猫一脚把老鼠踢到台阶之下……

老鼠就这样逃了活命，

在窝门口笑着对猫喊声："傻瓜！

你曾用无中生有使我们上当，

我也便如法炮制以牙还牙！"

鼠猫斗计故事没有完

老鼠和猫斗计，

双方都不肯罢兵！

到底谁输谁赢？

一时还难以说清！

老鼠和猫斗计，

互相斗智斗勇！

到底谁败谁胜？

战况还不分明！

双方还要斗下去，

谋略会越用越精！

鼠猫斗计的故事，

等以后我再接着讲给你听……

第五辑

管闲事的狗

管闲事的狗

有句俗话人人皆知：
狗捉耗子多管闲事。
多数的狗也就按照这一传统，
任凭老鼠在它们面前自由来去。

有一只狗却偏不遵守这老规矩，
把老鼠都当成它的仇敌！
一见了老鼠便猛扑上去，
让老鼠在它利爪下一命归西！

一些狗对它的做法颇有异议，
嘲笑它与众不同的古怪脾气：
"你的正经职责是看守家门，
管这些分外的闲事是白费力气！"

这狗却理直气壮地做出回答：
"我这样做只为的是对世间有益！
你们大家如果也都来管管这闲事，
世界上将会减少多少鼠害的损失？"

小刺猬和大枣树

一棵很大很大的枣树，
树枝上结了很多很多的枣。
一阵阵秋风吹来，
树上的枣儿就要熟了。

绿枣儿像是晶莹的翡翠，
红枣儿像是鲜亮的玛瑙。
枣儿散发出醉人的甜香，
香味儿随着风儿向四处飘。

一只小刺猬来到树下，
抬头看看树上的枣。
闻着枣儿发出的香味儿，
馋得口水流出嘴角……

一阵风儿吹来，
刮得树枝乱摇！
枝上熟透的枣儿，

啪啪啪直往下掉……

小刺猬高兴得拍手，
小刺猬高兴得跳脚！
捡起那落地的枣，
香甜地吃了个饱！

小刺猬在地上滚了几滚，
刺儿上扎满了枣。
就像是披了一件，
翡翠玛瑙的锦袍！

小刺猬把枣儿带回去，
送给小熊、小兔、小貉……
让它们也都尝尝，
这枣儿的甜美味道！

小伙伴们吃了枣，
高兴得眉开眼笑！
小熊、小兔和小貉，
都夸枣儿的味道好！

它们共同下决心，
要为大枣树效劳！

要为有功的大枣树，
施肥除虫把水浇！

要让大枣树，
枝更繁，叶更茂！
要让大枣树，
明年结出更多的枣……

刺猬的悲剧

刺猬凭着自己的一身尖刺，
自以为谁也把它奈何不得！
它寻找美食吃饱了肚子，
便大摇大摆地漫步在山坡。

无论是遇到什么猛兽，
它既不东逃，也不西躲。
它想，只要用带刺的大衣把身子一裹，
便会是固若金汤，无法攻破！

它正在大摇大摆地向前走着，

迎面碰到一只老狼。
它立刻把身子一裹，
连头带脚往带刺的大衣里一藏。

老狼围着它转了两圈，
怎么也没法对它下口；
只好是无可奈何地摇了摇头，
然后失望地灰溜溜溜走。

刺猬从带刺的大衣里伸出头，
向着走去的老狼冷笑一声：
"坏东西你竟想吃我的肉，
那简直是在做黄粱美梦！"

刺猬继续大摇大摆地向前走去，
迎面碰到一只猎狗。
它马上把身子往大衣里一裹，
一下子就变成了一个带刺的圆球！

猎狗围着它转了两圈，
同样是没法对它下口。
也只好无可奈何地摇了摇头，
然后失望地灰溜溜溜走。

刺猬又从带刺的大衣里伸出头，
向着走去的猎狗一声冷笑：
"坏东西也想来占我便宜，
简直是异想天开休想做到！"

刺猬继续大摇大摆地向前走去，
迎面碰到一只狐狸。
它连忙又把身子一裹，
连头带脚藏进带刺的大衣里。

狐狸围着它转了两圈，
照样是没法对它下口。
也只好无可奈何地摇了摇头，
然后失望地灰溜溜溜走。

刺猬又从带刺的大衣里伸出头，
向着走去的狐狸做个鬼脸：
"鬼东西也想来把我算计，
快收起你那如意算盘！"

刺猬继续大摇大摆地向前走去，
迎面碰到一只黄鼠狼。
它又是那样地如法炮制，
浑身上下紧紧裹进带刺的大衣里。

黄鼠狼对着他冷笑一声：

"这一招对我只是雕虫小技！"

一面说着一面转过屁股，

冲着刺猬放了一个臭屁！

刺猬被臭气熏得头脑发懵，

再没法儿躲藏在大衣之中。

只好是伸出头来换一口气，

黄鼠狼便一口咬住它的脖颈……

之所以会发生这样的悲剧，

是因为刺猬犯了经验主义！

它以为自己的妙招可以天下无敌，

没想到黄鼠狼更有破它妙招的绝技……

树　懒

有一种动物名叫树懒，

在树上爬得比蜗牛还慢。

一天到晚抱着树杈睡个不醒，

就连吃东西时也懒得睁一睁眼。

从前的树懒并不是这样，
它们的老祖先曾经是行动灵便。
能奔跑能跳高还能跳远，
就连游泳的技术也很不凡……

不知是从它们的哪一代祖先开始，
睡懒觉成了它们特有的习惯。
就这样吃了睡，睡了吃千年万年，
渐渐地它们的身体也发生了改变：

它们的四肢变得拙笨而粗短，
浑身的关节也变得活动困难。
要不是它们生活的地方没有猛兽，
它们的家族早已全都命丧黄泉！

雨天，为人遮挡风雨，
晴天，为人遮蔽骄阳。
我的名字叫做伞——
一件日用小家具，平平常常。

自己被淋得精湿，
却给人带来干爽；
自己被晒得火烫，
却给人带来清凉。

有人说："伞，你真傻，
为什么一点不为自己着想？
为什么不耍点滑，偷点懒，
找个由头，歇个三天两晌？"

我说："那可不行！
因为，我的使命就是这样！
如果我不能忠诚地履行自己的职责，
就只能被扔进垃圾箱！"

两对师徒

小哥俩一起去拜师学艺，
到瓷窑去学习制造瓷器。
瓷窑上有两位制瓷师傅，
一位姓张，一位姓李。

张师傅有名的坏脾气，
对徒弟格外严厉挑剔；
李师傅有名的好性情，
对徒弟十分温和平易。

哥哥拜在张师傅的门下，
弟弟做了李师傅的徒弟；
俩师傅对徒弟两种教法，
小哥俩过着不同的日子。

哥哥经常被师傅严厉训斥，
做活儿不能差一毫一厘；
弟弟却从来不被师傅批评，
只要活儿做得能说得过去。

哥哥经常被师傅责令作废、返工，
在师傅的训骂声中重新和泥、制坯，
有时要加班到半夜，甚至黎明晨曦，
直到最后把活儿做得让师傅满意……

当哥哥加班、受累、遭受训斥之时，
弟弟却在和师傅喝茶、聊天、下棋……
多年后，哥哥成了一名瓷艺大师，
弟弟呢，却只掌握了平庸的手艺……

拖鞋和皮鞋

拖鞋和皮鞋到了一起，
拖鞋向皮鞋夸耀自己：
"你看我的生活是何等安逸，
从不像你那样经常经风历雨！

"我整天走的是平坦的地板，
甚至常在柔软的地毯上来去。
从不像你那样经常踏水踏泥，
浑身上下被弄得脏污兮兮……"

皮鞋微笑着向拖鞋说道：
"我并不想像你这样生活安逸！
你安逸的生活虽然过得舒服，
却很难体会到外面是何等精彩的天地！

"登高山涉长途是多么豪迈，
冒风雨踏泥水亦自有乐趣！
像你这样安逸平庸地度过一生，
我觉得倒正是可怜至极……"

庖甲杀鸡

庖甲是一位解牛高手，
十分钟便能够解一头牛。
他清楚地知道牛身上的每条骨缝，
每条筋腱每块肌肉每块骨头。

闭起眼他也能灵巧地操刀，
解牛时两手就像轻快地舞蹈！
他解牛如同熟练地表演杂技，
让人看了禁不住要鼓掌叫好！

有一天主人要他杀一只鸡，
他认为杀鸡是小事不值一提。
杀鸡的工作从来都是庖乙来做，
他俩的工作分工历来很细……

庖甲从来看不起庖乙，
认为庖乙只会杀鸡的雕虫小技！
今天庖乙外出主人让他杀鸡，

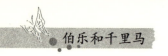

他觉得是大材小用有点憋气……

没想到当他真的动手杀鸡，
拔鸡毛就成了他很大的难题！
平时庖乙杀一只鸡不过几分钟，
可他呢，鼓捣了半天鸡毛还没拔净……

一条老扁担

这扁担已经很是古老，
多年来挑重载压弯了腰。
要问它到底有多大年纪？
就连它自己也不知道。

它一生挑过多少重载？
那真是无法计算无从查考！
它一生经历过多少风雨？
那更是个难以回答的问号！

它只记得跟随着一代又一代主人，
经受着苦难岁月的煎熬！

它只记得一代又一代主人的汗水，
成年累月地把它浸泡……

它曾跟随着第一代主人，
在逃荒的路上四处奔跑。
一头挑的是骨瘦如柴的婴儿，
一头挑的是破棉絮和破锅烂灶。

哀鸿遍野，赤地千里，
到处是横躺竖卧的饿殍。
挑担的主人饥肠辘辘，
竹筐中的婴儿饿得不停地哭叫……

在那兵荒马乱的年月，
面对罪恶的侵略者强盗！
第二代主人把它当做武器，
向敌人愤怒地把血债清讨！

一个敌人的脑袋被它劈开了花，
另一个敌人也被它打断了腰！
主人还因此披红戴花，
光荣地被授予英雄称号！

新时代发展农业兴修水利，

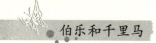

第三代主人又用它把石头挑。
山谷中那高耸的水库大坝，
上面也记载着它的功劳！

金色的秋天它挑回丰收的庄稼，
那火红的高粱和金黄的水稻；
还有主人那悠扬的山歌，
还有主人那朗朗的欢笑……

如今它已经是上了年纪，
被主人放置在偏僻的墙角。
然而它心中仍然烧着一团火，
不肯就此赋闲养老……

它决心要继续再做贡献，
发挥余热为主人效劳。
如果有贼人前来偷盗，
主人可抡起它把盗贼打倒！

珠峰·圣火·雄鹰

北京要开奥运会，
奥运圣火要登上珠穆朗玛峰。
这消息早已传遍全世界，
世界人民都在瞩目这一壮丽情景。

有一群矫健的雄鹰，
长年围绕着珠峰飞行，
它们听到这一消息，
心情也十分激动。

平时它们只是绕着山腰飞，
还从来不曾飞上过峰顶；
它们知道要飞上巅峰，
可不像绕着山腰飞那样轻松。

它们决心锻炼自己的翅膀，
把自己的翅膀练得过硬；
等到火炬手登顶峰的时候，

它们要护卫圣火与火炬手同行。

于是，它们每天练呀练，
冒着暴雪，顶着狂风。
终于等来了这激动人心的时刻，
火炬手带着圣火前来登顶。

这情景真是无比壮观：
山坡上建起一座座行营。
营地的帐篷像美丽的花朵，
队员们的登山服更是火一样红……

天公作美，风也有情。
洁白的云朵，碧蓝的晴空。
迎着黎明的曙色，
火炬手举着祥云火炬开始登顶。

火炬手们勇敢地跋涉、攀登，
雄鹰们欢快地翱翔、陪同；
有两只秃鹫妄图前来干扰，
被雄鹰们驱逐得无影无踪……

祥云火炬胜利地登上山顶，
山上山下欢腾的声浪山摇地动！

这情景被电视直播到五洲四海，
亿万人欢呼："奥运万岁！骄傲啊北京！"

五星红旗、奥运五环旗在峰顶飘动，
峰顶周围飞翔着矫健的雄鹰。
突然，在山顶的天空上，
出现了一道吉祥的七彩长虹……

奥运圣火登上珠穆朗玛峰，
这一壮举让世界惊喜，向世界证明：
中国人，没有登不上的高峰，
中国雄鹰，没有飞不上的高空！

神　树

山坡上有一棵高大的老松树，
茂密的树冠就像一团绿色的雾；
粗大的树干四五个人才能环抱，
千年树龄，经历了无尽的风霜雨露……

这是一棵远近闻名的古老神树，

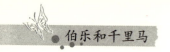

据说，当地民众都受到它的庇护。

据说，这神树十分灵验，有求必应，

因此，这里总是香烟缭绕，信徒无数……

树枝上挂满一条条鲜艳的红布，

红布上写画着祈福的言语灵符：

有的是祈求老天快降甘霖透雨，

有的是祈求神灵快把疾病祛除……

有的是祈求保佑生儿降女，

有的是祈求保佑婚姻幸福；

有的是祈求保佑升官发财，

有的是祈求保佑家庭和睦……

这棵树受到人们无限崇拜，无限敬仰，

在人们的心目中它就是至高无上的神！

别说是损伤它的一枝一权，一芽一叶，

就算是说一句对它不恭的话也是罪孽……

据科学家考证：在一千多年以前，

这里原是一片浩瀚的原始森林。

这棵松树只是松林中普通的一棵，

和它周围的松树并没有贵贱之分。

不知是在什么时候，什么年代，

它幸运地被人们认定是一棵神树。
于是它就受到人们的格外尊崇，
同时也受到崇拜者们的格外保护……

日月如梭，多少年多少代过去了，
它身旁的那些松树一棵棵被砍伐，
只有它，没有人敢动它的一枝一叶，
于是，它就成为了这里唯一的风景……

多少年来，它慰藉了人们的心灵，
同时它也得以获得了长久的生命。
到底是它护佑了民众还是民众护佑了它？
如果它真的是神，这道理它心里最分明……

鲸鱼的来历

鲸鱼，原来并不是鱼，
它的祖先也并不生活在海里。
那时，它们就像驼马牛羊一样，
长着四条长腿，在陆地上跑来跑去……

就在千百万年之前，
大海淹没了它们生活的陆地。
和它们一起生活的许多伙伴，
全被海水吞噬，葬身海底……

唯有鲸鱼有着强烈的求生欲望，
它们凭着毅力，要坚强地存活下去。
它们不肯向命运屈服，
开始了不屈不挠的努力。

它们刻苦地学会了游泳，
开始在海水中游来游去；
它们艰难地练习在水下憋气，
过几分钟才浮上水面做一次呼吸……

它们不再吃陆地上的青草，
开始以海水中的鱼虾为食；
就这样，它们变成了水中动物，
并且，在海水中生活的悠然惬意……

慢慢的，它们的身子变成了鱼的模样，
慢慢的，它们的四肢变成了鱼尾鱼鳍。
于是，它们成为了海洋中最庞大的动物，
它们呼吸时喷出的水柱似雾如霓……

其实，鲸鱼如今也不是鱼，

因为它们是胎生、哺乳，并且用肺呼吸。

鲸鱼的来历却告诉我们一个道理：

要生存，必须随着环境的变化，改变自己……

顽强的小蜗牛

一只小蜗牛，

立下个大志愿：

它要爬上一座高山，

登上大山高高的山巅。

因为它听雄鹰说，

山顶上风光无限。

到了那山顶之上，

便能把山下美好的景致看遍……

小蜗牛下了决心，

于是便开始行动。

它决定克服一切困难，

去实现爬上山顶的梦。

许多虫儿鸟儿，
听说蜗牛要爬上高山，
都说它是痴心妄想，
这事儿根本不能实现！

蜗牛不管谁怎么议论，
它的决心毫不动摇。
它只顾不停地往上爬呀爬，
不浪费一分一秒。

这是一座很高的山，
山顶直插云端。
高度足有三四千丈，
立陡的石壁裸露着山岩。

小蜗牛爬呀爬，
爬得汗流浃背；
小蜗牛爬呀爬，
爬得很累很累。

燕子飞过它的身边，
对它不屑地说道：
"你这样白费力气，
简直是个傻帽！"

蜘蛛爬过它的身边，
对它高傲地说道：
"你这个可怜虫，
你的想法根本达不到！"

蜗牛对他们的话，
全当是耳旁风；
任凭他们讽刺挖苦，
坚决不改自己的初衷。

渴了喝点儿清晨的露水，
饿了吃点儿石缝中的草叶；
就连吃喝的时候，
它也在爬，不停不歇。

火热的阳光晒着它的贝壳，
就像要把它烤熟；
它忍受着痛苦的煎熬，
时刻不停自己的脚步。

一阵阵狂风吹来，
要把它从岩壁上吹下去；
它用它腹部分泌的黏液，
把自己牢牢地粘在石壁。

一阵阵大雨打来，
要把它从岩壁上打掉；
它用自己分泌的黏液，
把身子在岩壁上粘牢。

有时也会出现意外，
从峭壁上跌落下来；
然而它却从不灰心，
跌下后翻个身从头再来……

它就这样爬呀爬，
风雨无阻日夜兼程；
尽管它爬得很慢很慢，
但它坚信总有一天能爬上山顶。

蜗牛就这样爬呀爬，
从春天爬到夏天；
又从夏天爬到秋天，
深秋后便是冬天的严寒。

到了严冬的时候，
它就找个洞穴冬眠；
冬眠时不吃不喝，
一直到第二年的春天。

第二年春天它一苏醒，
便又接着向山顶攀登；
仍是日夜兼程不停不歇，
爬呀爬，爬个不停。

就在第二年春天的一天，
小蜗牛终于爬上了最高的山巅。
这一天风和日丽，天气晴好，
蓝天上飘动着白云片片……

山顶上果然是风光无限，
小蜗牛站在山顶向山下观看——
山下的景致美不胜收，
小蜗牛乐得心花怒绽……

❧ 哀鸣的孤雁 ❧

天色漆黑的夜晚，
没有星星也没有月亮。

一只大雁飞在高空，

那叫声既哀伤又凄凉。

这是一只被逐出雁群的孤雁，
其实它被逐出雁群十分冤枉。

夜晚，雁群在野滩上入睡，
这只雁负责警戒——警惕地四处张望。

正当雁群熟睡之际，
一只狐狸偷偷摸摸前来袭击。

这雁警连忙向雁群发出警报，
所有的雁却都没有醒来，
仍沉睡在梦乡。

于是，前来偷袭的狐狸得逞，
把一只雁咬断脖子拖向远方……

这时，沉睡的雁群才被惊醒，
异口同声责备雁警责任心不强……

无论它如何解释分辩，
群雁却一口咬定它没有发出警报。

就这样，它不由分说它被逐出了雁群，
只好孤零零地飞在天空凄凉地哀叫……

人间也常有这样的冤案，
在这样的情况下，受冤者总是有口难辩。

怎样才能让这样的冤案消除？
这个事可真是难办，难办……

❧ 海鸥的故事 ❧

轮船在大海上航行，
海鸥在船后跟踪。
海鸥扇动洁白的双翼，
在轮船后面紧追不停。

海鸥为什么总是紧追轮船？
有个古老的故事——讲给你听：
古时候，大海上还没有轮船，
只是一些帆船在海面上航行。

海岸边有一个小小的渔村，
渔村中有一个姑娘名叫海英。
这姑娘长得十分俊俏，
花朵般的笑脸，明亮的眼睛。

她喜欢穿一身洁白的衣裙，
雪白的头巾罩在她的头顶；
她像是一个天上的仙女，
心地善良、活泼开朗、待人热情。

同村里有一个英俊的小伙，
小伙的名字叫做海明。
这海明是一个勤劳的渔夫，
他每天驾船出海捕鱼为生。

他头脑聪明双手灵巧，
他的船帆能使用八面来风。
他识得海水中哪里鱼群密集，
他的网撒下去从不落空。

他每天都会有丰盈的收获，
他捕的鱼总是比别人多上几成。
姑娘和小伙是门挨门的近邻，
两个人从小儿青梅竹马兄妹相称。

等到他们长到了结婚的年龄，
两人也自然而然地产生了爱情。
老人们看出了儿女的心事，
便高兴地为他们把婚事敲定。

喜日子定在了七月十六，
头一天，小伙子仍然出海捕鱼不肯歇工。
这天下午突然间刮起了大风，
让姑娘牵肠挂肚心神不宁。

傍晚，姑娘焦急地到海边观望，
只见一只只渔船顶风闯浪返回归程。
她向着海面上望呀望，望呀望，
却看不到她心上人的渔船归来的踪影……

姑娘登上一块高高的礁石，
向着大海望啊望，望个不停；
只见大海中狂涛汹涌，
只见大海中雪白的浪花上下翻腾……

姑娘在礁石上望啊望，
心里急得如烈火熊熊……
突然间刮来一阵狂风，
把姑娘刮进了大海之中……

顷刻间，风停了，
海面也变得平静；
天空中，云散了，
露出了明月金星。

突然，就在姑娘掉进大海的地方，
一群白色的鸟儿从海里飞上天空。
那鸟儿不停地"关关……关关……"叫着，
似乎是在喊着："海明哥哥！哥哥海明！"

从此，大海上就有了许多这样白色的鸟儿，
人们都说：这是姑娘的灵魂变成。
这鸟儿总是随着船尾紧追不舍，
据说是在寻找她心上的爱人……

不知是谁给这鸟儿起名叫海鸥，
千百年来海鸥就总是在船后紧紧跟踪。
如今，帆船早都变成了巨大的轮船，
可海鸥呢，却还是在船后做着寻找爱人的梦……

两只老虎

有句俗话：一山难容二虎。
金额虎觉得这话有点错误：
茂密的山林广阔无边资源丰富，
两只虎为什么就不能和平共处？

金额虎是一只年轻的老虎，
历来不愿惹是生非挑起冲突。
它知道这山林中有一只白额虎，
性情乖张凶狠残暴霸道十足。

金额虎正当是年轻力壮，
论能力完全能把白额虎征服。
不过，要那样双方就得大动干戈，
恶战一场各自都将损伤筋骨……

金额虎决定去和白额虎谈判，
要对它晓之以理，动之以情，将其说服。
于是金额虎去找白额虎，

白额虎一见它便凶相毕露……

金额虎心平气和地对它好言相劝，
白额虎却蛮不讲理要金额虎签订降书……
金额虎忍辱负重一让再让，
白额虎却得寸进尺更加狂妄狠毒！

金额虎最后被逼得忍无可忍，
只好勇敢地应战和它一比赢输……
两只虎撕咬的天昏地暗，
彼此都伤痕累累血肉模糊……

老朽的白额虎终于招架不住，
慌乱地落荒而逃不知逃向何处……
金额虎倒也不去穷追不舍，
只是做好准备等待白额虎反扑……

不知道白额虎会不会接受教训，
不知它会不会就此认输；
如果它不知好歹敢卷土重来，
等待它的必定会是一命呜呼……